dear+ novel
parasitic soul

パラスティック・ソウル love escape

木原音瀬

新書館ディアプラス文庫

パラスティック・ソウル love escape

contents

illustration : カズアキ

ラブ・エスケープ

love escape

窓の外は、雪が降っている。ケイン・向谷が出勤する時は、地面にうっすらと積もる程度だったのに、今は何か腹の立つことでもあったのかと聞きたくなるほど酷い横殴りだ。中庭に植えられている欅の木がみるみる白く覆われていく。十一月の終わり、本格的な冬の到来には少し気が早い時期だ。

広い食堂の中はほぼ満席にもかかわらず、外の景色の寒々しさを映すようにとても静かだ。みな囁きほどの声でひそひそと喋る。

「そういや博三、この前バーで会った女の子といい雰囲気だったよな。その後どうなったんだ?」

ケインが話を振ると、向かいにいた博三・オルセンは食べかけのサンドイッチを皿の上に置き、アジア系で中国地域の遺伝子を強く感じさせる一重の目をぐぐっと細めた。

「……それがあの子さぁ、ホープタウンの出身だったんだよ」

ケインの反応が一瞬、遅れた。隣に座っていたアリ・スターチスが「えええええっ」とおどけた表情でスプーンを振り回す。アリは中東系の彫りの深い顔立ちで口もでかいが、声も大きい。

「ジョーカー引いちゃったってことかぁ」

アリが椅子の上で背を仰け反らせ、博三は「俺はさっ」と勢いをつけてテーブルに身を乗り出した。

「最初からおかしいと思ってたんだよ。ビルア種でメチャクチャ美人だったのにずっと一人でいたからさ。後でバーのマスターに聞いたら、あの子は『都市部のオトコ狙い』で有名だって言われて、まんまと騙された気分だよ」

苛立った素振りで鼻を鳴らす博三に、アリが「それならさ」とピンと人さし指を立てた。

「いっそ遊びって割り切って付き合うのはどうだ？　美人だったし、言わなきゃ『ホープタウンの女』なんてわからないんだしさ」

正直、それも考えた、と博三は白状した。

「けど最近、ニュースでもよく聞くじゃん。恋愛関係のトラブルで、ホープタウンの奴らに都市部の人間が襲われたり、殺されたりするやつ。美人のビルア種と付き合えたとしても、そういうリスクは負いたくないからさ。『君、ホープタウンの出身だよね。俺の家は親がそういう相手を許してくれないからごめん』ってメッセージを送ったよ」

向こうの反応は？　とアリがスプーンの先を博三に向ける。

「『了解』だった」

途端、アリがゲラゲラと、周囲が振り返るほど盛大に笑い出した。

「何だよそれ、業務連絡じゃないんだからさ」

アリはヒイヒイと喉を震わせながら、目尻に浮かぶ笑い涙を拭う。

「向こうもさ、断られ慣れしてる感じがしたよ」

ばつが悪そうな表情で博三が呟く。

「数撃てば当たるって方式だったのかもな」

　ケインの意見に、博三は「俺は美人の誘惑に打ち勝った！」と握った両手を天井に突き上げ、それを見たアリが上乗せで笑う。

「あのビルア種の子、最初はケインにしつこく言い寄ってたんだよな。お前が相手にしないから、俺がターゲットにされたんだぞ」

　出会いまで遡って博三はケインに原因を押しつけてくる。

「悪いね～俺、女の趣味は『赤毛のビルア種』ってピンポイントだから」

　アリが「ビルア種ってだけでも貴重なのに、赤毛とか絶滅危惧種だろ。ケインはさぁ、顔はいいんだから、それさえなきゃ女なんて選び放題なのにな」とぼやく。

　ケインは片目を瞑り、チッチッと大きく舌を鳴らした。

「滅多にいないからいいんじゃないか。簡単に見つかるようじゃ面白くない」

「うわーこいつ、ちょっと顔がいいからって調子に乗ってるな」

　隣のアリに肩を小突かれ、ケインはハハッと笑い声をあげた。短く整えた金髪に、若葉に似たフレッシュグリーンの瞳。肌は白いが、顔の彫りは深くないので中国系の血も入っていそうだが、基本はヨーロッパの北でよく見る顔立ちだ。ルーツは北欧かとよく聞かれるので、きっとそうなんだろう。だから「スウェーデン地区だよ」と答えている。

「そこの男三人、うるさいよ」

中年の女性職員に注意される。自分たちに集まった周囲の視線が、女性に同調し矢のように突き刺さってくるのを感じる。三人は空食器の乗ったトレイを手にいそいそと立ちあがり、片付けてから食堂を出た。サンドイッチを食べかけだった博三は、歩きながら口の中に残りを押し込んでいる。

「何あれ、恐（こえ）ぇ」

アリが食堂の出入り口を振り返り、ぼやく。

「食堂は私語厳禁じゃないのに、ヒステリックだよな」

ケインもため息を添えて同調する。

「旦那に相手にされなくてさ、欲求不満なんじゃねぇの？」

博三の酷いコメントに、これは笑うところだと判断してケインは笑った。案の定、三つの笑いが廊下で爆発する。互いが互いの肩を軽く小突き合い、ふざけて縺（もつ）れながら歩き、坪庭（つぼにわ）が見える椅子に移動した。午後の始業時間まであと十五分ほどあるので、ここで時間潰（つぶ）しだ。坪庭には小さな池があり、周囲にバラが植えられているが、今は全て雪にふんわりと覆い隠されている。

「あっ、そうだ！」

アリがパチンと右手の指を鳴らした。

「仕事が終わったあと『ビシュア』に飲みに行かね？　招待券をもらったんだよ」

「行く行く！　絶対に行く。あそこって美人が多いんだろ」

博三は乗り気だ。「ビシュア」は予約制のナイトクラブで、人気店。予約券のかわりになる「招待券」がないと、店に入れない。その招待券を手に入れるのも大変だという噂だ。博三とアリは反応のないケインを見た。

「お前、どうするの？」

たっぷりタメをとってから、ケインはニヤリと笑った。

「お前らが行くのに、俺が行かないわけないだろ」

笑いが弾ける。「そう言うと思ったよ～」と博三に肩を抱かれ、乱暴に揺さぶられた。

「そういうやアリ、ブロアも連れていくのか？」

ケインの問いかけに「ナンパ目的なのに、連れてくわけないだろ」と決まり悪そうに顎を引いた。

「うっわ、サイテーの彼氏だな」

博三がアリの背中を軽く小突く。アリは学生時代から両親公認で付き合っているブロアという彼女がいて、秋に婚約した。来年の春に結婚予定だ。

「結婚までの浮気は、ノーカウントだろ。公に浮気できるのも今だけだし、俺は男の人生をギリギリまで謳歌する！」

「謳歌しすぎて、本命にすてられないようにしろよ」

ケインの忠告に「大丈夫、ブロアは俺を愛しているから」と浮気男は胸を張った。

「ちょっとあんたたち」

背後から聞こえてきた声に、三人はぴたりと話をやめる。振り返った視線の先にいたのは、美和・スティーラ。黒い髪に黒い瞳のエキゾチックな東洋系の女性で、笑顔がチャーミングだが、怒ると怖い。ケイン、博三、アリの同期で、三ヵ月間の新人研修で助け合った仲だ。

「食堂で怒られたのに、まだこんな所でカラスみたいにギャアギャア騒いでたの。そろそろ午後の始業時間よ。くだらない話なんかしてないで、サッサと持ち場に帰ったら」

三人は「はいはい」「わかってるって」「今戻るとこ」とそれぞれ適当に相槌をうち、担当エリアであるHブロックへ向かった。

「美和、彼氏いないよな。あいつも欲求不満なんじゃないか」

一貫してその説を主張する博三に、アリがまたかといった顔で笑う。

「それにケインのことを意識してる気がするんだよなぁ」

博三の言葉に、アリが「俺もそう思うわ。けどケインにその気はないだろ」と付け足した。

「そりゃ、俺の理想は赤毛のビルア種だからな」

アリは博三に「お前こそさぁ、実はけっこう美和のこと気にいってるだろ」と突っ込む。

「んなわけないだろ！」

むきになって否定しているが、まず間違いなく博三は美和を意識している。そして美和が好意を寄せているのはケインだ。なぜなら美和がこちらを注意してくるのは、必ず三人一緒……ケインがいる時に限られているからだ。

　美和の自分に対する好意に気づいた時、ケインは美和の情報を集めた。父親は建築士で、母親はフラワーショップを経営。美和本人は、三人兄姉の次女。都市部のごく一般的な家庭。次女というのもポイントが高い。二人目の娘の夫になると、親も高い条件を求めてくる可能性は低いだろう。美和は美人だが、私服は地味。堅実な印象があった。美和と結婚し、子供ができて、家庭を築くところまでは妄想できたし、それは決して悪くなかったけれど、どうしても……どうしても美和と愛し合う場面だけは想像できなかった。

　所詮、自分には無理なのだ。希望と現実は違う。だから美和の好意を知りながら、友人の距離を保っている。博三が美和にアプローチするなら、それはそれでいい。自分は手を出さない、出せないからだ。

　歩いている間も、周囲の視線を気にせず三人でベラベラと喋る。そしていよいよHブロックへの入り口が見えてくると、アリが「はーっ」とため息をついた。

「せっかく難関をくぐり抜けて世界政府の職員になったのに、どうして俺の配属先は刑務所だったんだろうなぁ」

　博三が「俺はここで満足だけどな」と首を傾げる。

「正直言ってさ、仕事ってすんげぇ楽じゃん。問題行動が多かったり、暴力的な囚人は、矯正申請したら衝動抑制剤使うからおとなしくなるし。俺の上司はさ、ばんばん矯正申請しちゃうから、俺の担当房の囚人は、みんなウサギみたいにおとなしいんだよ」

アリは「それ、人権団体が聞いたら『適正使用がー』って大騒ぎするやつじゃん」とハハッと笑った。

「世界政府職員でもさ、財政部とか経営部の職員ならカッコイイのに、法務部の括りに入るとはいえ刑務所で犯罪者相手なんて友達にも言いづらいし。俺の楽しみは週末のナンパぐらいだよ」

アリは口先で不平不満を転がしていたが、そのぼやきもHブロックに入った途端、スッと消える。Hブロックはそこから更に10―15の白、16―20の赤、21―25の青、26―30の黄の4エリアに分かれる。博三は白、アリは青、そしてケインは黄のエリア担当なので、ここで別れて休憩まで顔を合わせることはない。

ケインが黄のエリアにゆくと、管理室の前のテニスコート半分ほどのスペースで点呼が始まっていた。ギリギリで滑り込み、一番後ろに並ぶ。そのタイミングで名前を呼ばれ「はい」と大きく芯のある声で返事をした。間に合ったことにホッと胸をなで下ろす。黄のエリアの刑務官は十五人。上から黄エリアの主任、リーダーときて、残りは全員、役職名のない一般職員、下っ端だ。

点呼の間に、腰につけていた制帽をかぶる。少し重たいそれは全身防護のシールド発生装置でもあり、危険を察知すると秒で全身が柔らかく堅牢な保護膜で覆われる。それがビーム銃を跳ね返すデモンストレーションを最初の研修で見た。丸腰の囚人相手にそこまで警戒することもないのではと思うが、二十年ほど前に大暴動がおこり、それ以降、職員には完全防備が義務づけられている。このシールドは画期的で、採用してから刑務所の刑務官から死者は出ていないと研修の教育係は得意げだった。

　アリはこの仕事を嫌がっているが、ケインは博三同様満足している。給料もいいし、少し外れているとはいえ、フランス中央刑務所は都市部にある。収容されているのも窃盗や傷害といった軽犯罪者ばかりで、刑期は大抵が二年未満、長くても五年と短い。刑期の長い犯罪者は、北アラスカ刑務所や南アフリカ刑務所といった、環境の厳しい地域に送られるからだ。

　最後、正面の奥に立っている主任のホロヴィッチの号令に合わせて敬礼で点呼は終わる。自分の担当房を見回りに行こうと踵を返したところで「ケイン・向谷」とホロヴィッチに名前を呼ばれた。点呼に間に合えばセーフと判断していたが、遅刻と見なされたんだろうか。しまったな、と心の中で舌打ちしつつホロヴィッチに駆け寄り敬礼した。

「話がある。ついてこい」

　見回りの時間は遅くなるが、上官の命令には逆らえない。Hブロックを出たので、いったいどこに行くのだろうと思っていたら所長室が見えてきて、ゴクリと唾を飲み込んだ。そこに入ったのは、新人研修を終えて配属の辞令を受けた時以来だから、二年近く前の話だ。

ホロヴィッチと共に、所長室に入る。フランス中央刑務所の所長、ジョン・ゴブレフが窓際に置かれたデスクの後ろに座っている。口のまわりの囲み髭（ひげ）がトレードマーク、ロシア系の巨漢だ。シンプルな作りの狭い部屋だが、ゴブレフがいるだけで、漂う空気にすら目に見えない圧を感じる。

部屋にいたのは、ゴブレフ一人ではなかった。その手前にベテランのワリー・ビックスが直立不動で立っている。ケインよりも十歳上のワリーは、新人教育を担当していたので顔見知りだが、普段は殆（ほとん）ど姿を見ることはない。夜勤でもだ。そういう職員は個室に拘束（こうそく）されている囚人をマンツーマンで管理させられているという話だ。

ケインはワリーの隣に立つよう促（うなが）される。そしてホロヴィッチが出て行ってしまうと、所長室にはケイン、ワリー、所長のゴブレフの三人だけになった。ゴブレフが椅子から立ちあがり、コホンと一つ咳払（せきばら）いをした。

「ワリー・ビックスの退職に伴（ともな）い、ワリーの担当であるH3を明日よりケイン・向谷の担当とする」

配置換えは珍しくないがこんなに急に、しかも所長直々（じきじき）に告げられるなど、聞いたこともない。

「配属時に誓約書を書かせたが……」

ゴブレフが真（ま）っ直（す）ぐにケインの目を見る。眼光の鋭さに、背筋が震える。

「職務上知り得た情報は、決して外部へ漏らしてはならない。情報漏洩が発覚した場合は五年以上十年未満の禁固刑に処すとなっているが、覚えているか」

「はい、承知しております」

情報を横流しして逮捕され、元職場に収監など最悪なので、殺されてもそんなことはしない。しかし改めて、まるで恫喝するように確認されると「自分が担当するのはそれほど重要人物、もしくは問題のある囚人なのか」と緊張し、額が汗ばんでくる。

「引き継ぎは本日午後から終業まで。明日よりH3の監視に入れ、以上」

ワリーが「はっ」と敬礼し、ケインも慌ててそれに倣った。所長室を出た途端、ワリーがフッとため息と共に肩の力を抜くのがわかった。ゴブレフの前ではピンと上を向いていた、ビルア種の特徴である犬耳が今は半折れしている。

ワリーは退職する。刑務官の給料は、都市部でも中の上。危険手当もつくし、いい部類だ。肉体的にもさほど辛くない。それでも辞めてもいいと思えるような、今よりもいい仕事をワリーは見つけたのだろう。羨ましい限りだ。

それにしてもなぜ自分が独房の担当に選ばれたんだろう。優秀だと思われる先輩職員は他にもいるし、ワリーに至っては新人教育も請け負えるほどのベテランだ。もしかして自分はこの所内で若手のホープに選ばれたんだろうか。これまで意識したことはなかったが、これは出世の足がかりになるのかもしれないと期待に胸が膨らんでくる。

独房へ向かう途中で、ワリーは中央管理室のＩＤ課に立ち寄った。そこでケインは網膜認証による通行証の再設定をした。これまでは黄フロアはフリーパス、白、赤、青のエリアは緊急時のみ通行解除だったものが、初めて聞くＨ１―９ナンバーを含む全フロアがフリーパスになった。

設定の完了を確認してから、ワリーと共に刑務所内にある地下専用エレベーターに乗った。独房が地下にあるのも、そこに続くのがこのエレベーターだけというのも聞いてはいたが、新人研修の時も「ここから下は、通行許可のない者は立ち入り禁止」と簡単に説明を受けただけだった。

地球の裏側まで届くのではないかと思うほど長く、それは言い過ぎにしても、ゆっくりとエレベーターは下る。Ｈ３の表示でエレベーターは止まり、網膜認証で扉が開く。

扉の向こうは、白い世界だった。正面にはバスケットコート半分ほどの太さの円柱がどんとそびえ立っている。とにかく白くてでかい。その円柱の壁を、三人は余裕で並んで歩けそうなほど幅のある廊下がぐるりと囲っている。円柱を囲う廊下はもう一つ、ケインの頭上、手を伸ばして飛び上がり、ようやく届くか届かぬかの高さにある。そちらは透明なので圧迫感はない。円柱の反対側、廊下が接した壁は、薄いグレーだ。これがなければ、全体が白すぎて遠近感がおかしくなっていたかもしれない。

中央にでかい円柱があるせいで狭苦しい印象のあるこの部屋は、白、灰色がベースのためか無機質で、病院を彷彿とさせた。

　この円柱の中が独房なんだろうが……冷たいという印象しかない。収監されている囚人が拘束具をつけられ、床に転がされているイメージが最初に浮かぶ。いいや、それはありえない。あれは古い映画の話だ。拘束具は「人権侵害」だとして、今は暴力行為に及ぶ囚人には衝動抑制剤が使われる。

「引き継ぎの前に、まずはここに収監されている囚人、H3を見せておく」

　呟き、ワリーは「こっちに」と右手の壁に沿って歩き出す。ちょうどエレベーターの反対側と思われる部分に、廊下が楕円状に大きく外側に張り出した、エアカー一台分ほどのスペースがあった。円柱に接触する形でデスク、それと対になった椅子がある。その後ろの壁に沿わせてソファセット、隣には小さなキャビネットが置かれている。ここは執務と休憩室を兼ねているエリアなんだろう。

　デスクの前、円柱の白い壁にマスカット粒程の大きさで、じんわりと青く発光している部分がある。ワリーがそこに触れると、白い円柱が一瞬で透明になった。円柱の壁だと思っていた部分は実際は透明強化硝子で、自在に白いスモークがかけられる仕組みになっていたらしい。

　透明硝子の向こうには、独房とは思えぬ光景が広がっていた。独立した三部屋が繋がっていて、１つ目はシャワールームと一体になったトイレ、２つ目はベッドが置かれた寝室、３つ目はリビングだろうか、エアチェアがあった。物がないせいか、自分が住んでいる賃貸の部屋を全てあわせても、こちらの方が広く見える。独房と言われなければ、ホテルの一室を覗き見している感覚だ。

リビングらしき場所の、空中に浮いたグレーのエアチェアには男が座っていた。……座っているのはいいが、何も身につけていない。全裸だ。ケインの顔の位置が、ちょうどエアチェアに座った男の腰辺りで、男は足を組んでいるから股間が丸見えになっている。思わず視線を逸らしてしまったが、自分の仕事はこの男の監視なんだと思い出し「仕事」と割り切って見た。

男は犬耳と尻尾を持つビルア種だった。年は……二十代半ばくらいだろうか。手足はすらりと伸びて、細身だが全身に筋肉がまんべんなくついている。

男は犬耳、尻尾、髪の毛……全てが赤かった。襟足は短く、長めの前髪を横に流した優雅な髪型は、首から上だけ見れば高級レストランにいても遜色ない雰囲気だが、何度見ても全裸だ。

男はエアチェアに座り、エアブックを読んでいる。軽く体を揺らし、歌うように唇を動かしているが、声は聞こえない。こちらが見ていても、まるで無視。……いや、違う。これは外から見られていることに気づいていないんじゃないだろうか。外からは見えるのに、中からは見えないように細工されている硝子というのはよくあるからだ。

「ソファに座れ」

ワリーに指示され、ケインは腰かけた。ソファに座ってもリビングにいる赤毛の男がよく見える。

「引き継ぎと言っても、大したことはない。奴の犯罪歴を読み、ここの設備の使い方を覚えればいいだけだ。三十分もあればすむ」

ワリーはケインの前にスティック状の文書メモリを置いた。起動装置に触れると、エアファイルが表示されるタイプのものだ。けれどワリーがいくら起動装置を押しても、エアファイルが表示されない。ワリーが中央管理室に問い合わせたところ、故障が疑われるので、古いものと交換で新しいものを送るとのことだった。

「データの移動に十分ほど時間がかかるそうだ」

ワリーは舌打ちをしながら説明する。H所属の職員だと、H10―30の囚人は個人に支給された端末で全ての情報を閲覧できる。それなのにHの一桁台は違う。いくらでも情報を共有できるこの時代に、アナログな端末にしか情報を載せないところに、徹底した管理体制が窺える。

新しい端末が来るまでは手持ち無沙汰になる。Hブロックに入ると私語厳禁。それは私語から透けて見える刑務官のプライベート情報を、囚人に教えないため。過去、刑務官の些細な一言を頼りに家を割り出し、放火した囚人がいたからだ。

しかしここは違う。独房の囚人に自分たちの姿は見えていないようだし、それなら声も聞こえていないだろう。そして二人きりという状況からして大丈夫ではないかと判断して「明日、退職されるんですね」とワリーに話しかけた。

「ああ」

返事はそっけないが「私語厳禁」と叱られることはなかった。

「引き継ぎって、こんなに急なんですね」

「H1―9の担当の退職が受理されると、一ヵ月以内に職場を去ることになる。それがいつになるかは上が決め、職員には当日の朝に告知される。だから引き継ぎもその午後になる。昔、辞めるのをいいことに、囚人と外との連絡を仲介し脱獄の手引きをした職員がいたそうで、そのための予防措置だ」

想像していたよりも、ワリーはよく喋る。ここで最後の勤務だから、少しぐらい羽目を外してもいいと思っているのかもしれない。

「あの囚人は、どうして服を着ていないんですか？」

ケインが知っているHブロックの囚人は、みんな薄黄色の囚人服を着ていた。

「自傷行為がないか確認するためだ」

ワリーは淡々と答える。だからといって裸は酷い。人権侵害に相当するんじゃないだろうか。

「あの状態を、本人は納得してるんですか？」

拘束しなくてはいけないほど暴れているならわかるが、エアチェアで本を読むなど穏やかなタイプに見える。いくら冷暖房が完備されているとはいえ、本人は全裸であることに苦痛を感じていないんだろうか。

「奴、H3は肉体の保護が最重要項目になっている」

肉体と精神の両方ではなく、肉体だけ？　ケインが首を傾げていると、ワリーは「エアファイルを読めばわかることだが……」と前置きした。

「H3は前世界大統領、ナイジェル・ハマスの息子だ」

思わず「はっ？」と声が出てしまった。ケインが十五歳の春、ナイジェルは世界大統領になった。しかし就任三年目で企業からの献金と優遇が表沙汰になり、世界中の非難を浴びて任期途中で辞任した。歴代の中でも、一、二を争うほど人気のなかった大統領だ。

そう言われてみれば、ビルア種の彼は赤毛。ナイジェルも燃えるような赤毛で、陰でにんじん大統領と呼ばれていた。しかし当時、ナイジェルとその夫人の間に子はいなかった筈だ。

「H3はナイジェルと愛人との間の子、庶子になる」

いきなり世界規模のスキャンダルをサラッと知らされる。これは面白いし、早速誰かに喋りたいけど、絶対に口外してはいけない。ゴブレフの『五年以上十年未満の禁固刑』が頭を過る。あの忠告はコレの口止めだったんだろうか。間違いなくそうだ。

「前大統領の息子だから、ホテルのような独房暮らしなんですね。それはいいんですが、やっぱり裸というのは……もしかして自傷行為に精神的な疾患が関係してるんですか？　けどそれなら、ここに来る前に治療房に収容している筈だし」

誰もが抱くであろう疑問。ワリーはフウッと小さく息をついた。

「お前、Oって種族を知っているか？」

「あぁ、はい。小学生の頃に授業で習いました」

西暦22XX年、致死性の高いウイルスが大流行し、治療薬としてワクチンが開発された。しかしこの薬の副作用で、耳と尻尾のある新人類、ビルア種が生まれた。先輩刑務官であるワリーやH3がそうだ。耳と尻尾があるほかは普通の人間と変わらない。ビルア種は数が少なく、特に女性は耳や尻尾が可愛いとよくモテる。

このビルア種の中に、知能の高い者たちが多く出現し、彼らはハイビルアと呼ばれた。しかしハイビルアは三十歳前後で知能後退し記憶をなくすという特性があり、長い間「悲劇の天才」と呼ばれていた。

その後、ハイビルアの正体は、ビルア種と共に生まれた精神体だけの新種族Oだと判明した。Oに実体はないが、体外に出ると真珠のような粒状の物質になる。それを五歳のビルア種が飲み込むことで、その体にはいり込む。そしてOの精神体は五歳のビルア種が本来持っている精神を押さえ込み、肉体を乗っ取る。乗っ取った体の中で二十五年過ごし、三十歳で粒状になって口から出て行く。それを再び五歳のビルア種に飲み込ませてと繰り返していくことで、Oは延々と生きながらえていた。

そんな怪物に乗っ取られたビルア種は不幸だ。五歳の時に精神を押さえ込まれ、再び肉体を返された時は心は五歳のまま、肉体は三十歳。精神と肉体が健全に成長できなかった、歪な形の生き物に成りはてる。Oは知能が高く、経験と知識が豊富なだけに、乗っ取っている間は各業界でめざましい業績をあげるので、よけいに「五歳の本人」に戻った時の落差は激しかった。

ハイビルアの正体が判明すると同時に、世界中で「O狩り」が行われた。世界中のOは全て駆除(くじょ)され、ビルア種の子供は精神を乗っ取られる危険から救われた。今から三十年ほど前の話だ。

「けどOは絶滅したんですよね？」

ワリーは真面目な顔で首を横に振った。

「ナイジェル・ハマスの息子は五歳の時にテロリストに誘拐され、十八歳の時に助け出された。しかしテロリストが隠し持っていたOを飲まされ、精神を乗っ取られた。今もOに寄生されている状態だ。なので今の奴の言動は、本来のナイジェル・ハマスの息子の人格ではなく、寄生体のOということになる」

「ちょっ、ちょっと待ってください」

ケインは頭を押さえた。寄生する精神体、それ自体が俄(にわか)に信じがたい。しかし教科書にもあったし、そういうものは確かにいたのだ。けれどそれは過去の話。自分が産まれる前の話、終わった話だ。今になって、この時代に存在していると言われても、理解が追いつかない。

「寄生体って、あの……そんなのどう扱えばいいのか……」

「特別なことはない。知能指数が高いと予想されるだけで、普通の囚人と同じだ。Oの固形体は、一部研究機関で秘密裏(ひみつり)に保管されている以外は存在しない筈だった。しかし六年前、三十歳で自殺未遂をはかった鉱物学者が、奇跡的に一命をとりとめた事件があった。精神状態がおかしいということで検査をした結果、寄生していたＯが出て行った後、フェードアウトの状態になっているのではと診断された。その寄生体は残った【体】の始末を失敗したということだ。そういう風にＯ狩りから逃れ、今もひっそりと生き延びているＯも少なからずいるのではと推測されている」

精神を乗っ取る種族が現存している、その事実にブワッと鳥肌が立った。ケインの顔色を見たワリーが「お前、怖いのか？」と首を傾げた。

「Ｏが寄生できるのは、五歳のビルア種だけだ。五歳未満のビルア種の子がいるならともかく、お前が怖がることなんてないだろ」

それはそうだが……精神を乗っ取る種族が現存しているという事実だけでなく、それを伏せている世界政府に得体の知れない恐怖を覚える。なぜ公表して、注意喚起をしないのだろう。Ｏを撲滅しそこねた責任を、取りたくない誰かがいるんじゃないだろうか。

「息子がＯに寄生されていると知ったナイジェル・ハマスは頭を抱えたそうだ。肉体は息子だが、精神は寄生体。肉体を乗り継ぎながら、百年以上生きているかもしれない化け物だ。息子の精神が戻るには、肉体が三十歳になってＯを自然と吐き出すまで待つしかない」

ケインはＨ３を振り返った。赤い髪、赤い尻尾のビルア種。あそこにいるビルア種は、精神を乗っ取られている。エアチェアで楽しそうに本を読んでいるのは、本来のナイジェル・ハマスの息子の人格ではなく、寄生体なのだ。

「乗っ取った寄生体Ｏは極悪でも、乗っ取られたナイジェル・ハマスの息子はＶＩＰだ。ナイジェルは生殖器系の病気を患い、遺伝子を受け継いだ子供は庶子のＨ３だけになる」

　臓器培養療法が進み、老いも若きも培養、移植と手術が乱発した時期があった。九十歳の老人が、自分の臓器の60％を培養臓器と入れ替えたという前代未聞な出来事もあり、厳密な法整備がなされて年齢制限が設けられた。ナイジェルの年齢だと、加齢による機能低下と同等と判断され、生殖器の培養・移植は許可されなかったのだろう。

「ナイジェルは息子がフェードアウトの状況になることは納得済みで、息子本来の精神に戻るまで、絶対に体を傷つけないようにしてほしいと希望している」

　だから自傷行為を目視できる裸だったのだ。

「管理の基本は、ナイジェル・ハマスの息子が自傷行為をしていないか、その可能性がある準備行動をしていないかの目視だ。目視といっても、常時モニターで監視をしているから、何か不穏な行動をおこせば、強制睡眠……安全措置が取られるようになっている」

　ワリーによるとＨ３の監視にあたるのは、ケインともう一人の刑務官、そして土日専用の刑務官の三人だけとのことだった。

「自分たちからはＨ３が見えるが、Ｈ３から自分たちは見えない。音声をオンにすれば独房内の音、Ｈ３の声も聞こえるが、こちらの声はＨ３には聞こえない。Ｈ３からの要望は、房内の壁にあるパネルに入力したものがこちらのモニターに表示される。マニュアルにあるもの以外の要求は無視していい。昔、刑務官が外部と囚人の連絡にモニターを使った事件があってから、刑務官の使う執務室のモニターから、囚人側のモニターにメッセージを送ることはできなくなった」

ワリーはフッと息をついた。

「H3は独房が外から見える状態になっていると知らない。自分がどうやって監視されているか、どういう人間に監視されているか、性別、年齢、容姿、どういう勤務体制なのかも知らない。明日から担当は交代するが、H3は刑務官が交代したことにも気づかないだろう。しかしそれでいい。H3には何も知らせないのが狙いだ」

飼い殺し、という言葉が頭を過る。しかしそれも仕方ない。相手は精神を乗っ取り、ビルア種の人生を破壊する実体のない怪物だ。

「Oは寄生した肉体が三十歳になったら出て行くんですよね。ナイジェル・ハマスの息子は今、何歳なんですか？」

ワリーは「二十九歳と六ヵ月」と答えた。あと半年、半年であの肉体は本来の持ち主に返され、寄生体Oは処分される。ようやく新しい文書メモリが届き、壊れたものと交換される。新しいものは指先の軽いタッチですぐに起動した。今日のケインの仕事は、エアファイルを読み込むこと。しかしそれは30ページほどとそう厚くはない。

ファイルの最初にＨ３の個体ＩＤが記されていた。名前はないので、独房ナンバーが名前代わりになっている。人の精神を支配していく生き物は、乗り移った肉体によって名前を変えるんだろうか……変えないといけないだろう。なので名前というものに執着はしていないのかもしれない。それにしても番号だけで、その寄生体の過去については何一つとして記録はなかった。

Ｈ３の肉体、ヨシュア・ハマスについては詳細な記録があった。五歳の時、母親と公園に行った際にテロリスト集団「ｚｏ（ゾー）」に拉致される。ｚｏはヨシュアを交渉の切り札かつテロリスト予備軍として育てながら、チリ地区、インド地区、エジプト地区といった都市の郊外にあるホープタウンを転々として生活をしていた。

ワリーがスッと立ち上がる。「見回りをしてくる。お前はここにいろ」と言い残し、円柱の周囲にある廊下を歩き始めた。下の廊下を一周、そして階段を登って上の透明な廊下をゆっくりと一周する。ヨシュア・ハマスであり、寄生体であり、Ｈ３と呼ばれる囚人は、ケインが来た時と変わらずエアブックを読み続けている。廊下を二周して戻ってきたワリーと目が合った。

「Ｈ３が読んでいるのは、何ですか？」

「恋愛小説だ」

プッと吹き出してしまった。もしかして冗談かと思ったが、ワリーは真顔だ。

「Ｈ３はそういうのが趣味なんですね。寄生体は総じて知能指数が高いという話だった気がするんですが、意外に俗っぽいというか」

「知能指数が高いが故に、学術や経済に関連する情報は危険行動を助長する可能性があるので、与えられない。許可されているのは、恋愛ドラマと恋愛小説のみだ」

思考の浅はかさが恥ずかしくなり「すみません」と謝った。囚人に何を与え、与えずにいるのか、そこにも根拠はあるのだ。

「お前はここに来て三年目だったか」

ワリーが聞いてくる。

「はい」

「刑務所での仕事を、どう思っている？」

「常に緊張感があります」

自分なりの模範的な解答に、ワリーがフッと笑う。

「……緊張感ねぇ。食堂で馬鹿騒ぎしてた奴の言葉とは思えないな」

昼間のアレを見られていたと知り、カッと赤面する。

「犯罪者が相手で、油断したら相手から暴力をふるわれる可能性がある。一般的にみたら、刑務官は嫌な仕事なんだよ」

ワリーの、ビルア種特有の大きな犬耳が神経質にピクピクと震える。ワリーはアリと同じで、好きでこの仕事をやっていたわけではないのかもしれない。確かに囚人から暴行を受ける危険性はあるが、刑務官には囚人を感電させて活動を停止させる電子棒が支給されているし、制帽に内蔵したシールド装置もある。よほどのことがない限り、囚人は直接自分たちに危害は加えられない。

「けど生活のためですから」

それが全てを解決するワードだと思っていたが、ワリーはじっとケインの目を見つめてくる。

「ホープタウンっていう、最高級に治安が悪い地域に住んでいたお前にとって、丸腰の囚人の暴力なんてたかが知れてるか?」

指先がスウッと冷たくなる。自分がホープタウン出身というのは、所長クラスの人間と人事担当しか知らない筈だ。ホープタウン出身の世界政府職員が虐(いじ)めや不等な扱いを受けたことが社会問題になり、随分前から世界政府職員の出自は公にはされないことになった。とはいえ職場で生まれ育った地区の話になることは多く、ホープタウンの出身者は適当な嘘をついてやり過ごすことが多かった。ケインもそうだ。

この先輩刑務官はどこまで、何を知っているんだろう。彼以外にも、自分の出自を知っている人間がいるんだろうか。怖くて、しかし聞くこともできずに沈黙していると「当たりか」とワリーはソファの向かいにドスンと腰かけた。

「ノリの軽い坊ちゃん坊ちゃんした奴だからまさかと思ったが、本当にそうとはな」

引っかけられたのだ。毅然(きぜん)とした態度で「違いますよ」と言えばやり過ごせたのに、ビビって沈黙し、確信させてしまった。自分は何か、ホープタウンの出身だと気づかせるような雰囲気を醸し出してたんだろうか。大学生の時、友人に「お前、変わってるよな」と何度か言われた。床に落ちた菓子を拾って口にした時、種類の違う左右の靴を履いていた時……ホープタウンの「当たり前」は、都市部では通用しなかった。

「なぜ俺がホープタウンの人間だと思ったんですか？」

　声が震えた。都市部の人間の目からすると違和感としか思えない部分が、自分の口調や態度に表れていたんだろう。きっとそうだ。

「H1—9の担当は、ホープタウン出身の人間が多いんだよ」

　予想外の答えに、ケインは大きく瞬きした。

「あそこの出だと、都市部の人間と違って暴力への耐性があるからな」

　……ということは、ワリーもホープタウンの出身なんだろうか。

「ホープタウンの出身で世界職員の試験に受かるのは希だし、優秀な証だ。都市部の人間の何倍もの努力をしてようやく手に入れた『都市で生活する権利』を、端金に目がくらんで放棄することはない。買収に応じない。それだけ意思が強いと判断されているんだよ。……ただお前が俺の後任に選ばれたと聞いた時は、あの軽薄野郎がって耳を疑ったがな。出身がホープタウンだってことを隠す奴は多いが、お前ぐらい『都市部の人間』に擬態している奴も珍しいよ」

　返す言葉もなく、ケインは無言のままエアファイルに視線を戻し、次のページを捲った。

仕事が終わったあと、制服から私服に着替えたケインと博三、アリの三人は、アリのエアカーに乗り込んで会員制のクラブ「ビシュア」に向かった。三人の中でエアカーを持っているのは、親が菓子会社を経営しているアリだけで、大学生の時に買ってもらったと話していた。博三は父親が公務員、母親が専業主婦の一般家庭。ケインはスウェーデン地区の田舎の出身で、両親が早くに亡くなり、叔母に育てられたと嘘をついている。

アリはエアカーを自動運転に設定すると、車内でビールを開けた。今からクラブで大騒ぎをする気満々だ。

「お前、休憩時間にさ、食堂に来なかったよな?」

ビールを一缶開けていい気分になったのか、アリがケインにのしかかってくる。アリは男女問わずスキンシップが激しい。

「急に配置換えになったんだよ。引き継ぎでバタバタしててさ」

「うっわー! お前、何やらかしたんだよ」

「やらかしてないっての」

何が面白いのか、アリはギャハハと大口を開けて笑う。博三が「なぁなぁ聞いてくれよう。今日、リーダーの機嫌が悪くてさぁ」と文句を言い始める。くだらない愚痴(ぐち)を聞き、ビールを呷り、笑っているうちに、エアカーは「ビシュア」のある通りまでやってきた。店の前の道が狭くてエアカーが停めづらいので、十軒ほど手前の角で三人ともエアカーを降りた。路面に降り積もった雪で、ブーツがくるぶしまで沈む。雪は止んでいるが、少し風がある。それでもあまり寒さを感じないのは、ビールで既に酔っぱらっているからかもしれない。

エアカーをエアカーポートに入れるためアリがキーで設定しているのをぼんやり見ていると、少し離れた場所から言い争っているような男の声が聞こえてきた。

「だからぁ、入れろって言ってんだろぅがぁ！」

青い髪、緑のジャケットで細身の男が「ビシュア」の店の前で大声をあげ、黒いスーツ姿で体格のいい黒人系の男に食ってかかっている。

「当店は、招待券がない方は入店できません」

黒人系は「ビシュア」の店員のようだ。

「あの女が入って行くのを俺わぁ見たんだよぅ。俺はあの女にぃ、金を貸してんだ。返してもらわないとぅ、困るんだよっ」

青い髪の男は、呂律が回っていない。

「何だ、あいつ。店に入る前から、酔っぱらってんのかぁ。クズだな」

自分もいい具合の酔っぱらいの癖に、アリが毒づく。騒ぐ青い髪の男の横で、招待券を持っている客は自動認識されて次々とドアの向こうに消えていく。

「俺らも中に入ろうぜ」

アリが歩き出す。ついていこうとしたケインは、青い髪の男が口の端から泡を吹いていることに気づいた。あれはただの酔っぱらいじゃなくて、テス中毒じゃないだろうか。中毒者は一つのことに執拗に拘り、強迫観念にとらわれることが多い。

黒人系の男に肩を小突かれ、青い髪の男は数歩後ずさった。これで諦めて帰るかと思っていたが、青い髪の男はにたりと笑った。その瞬間、ケインは背筋がゾワッとした。笑いながら、青い髪の男はジャケットの懐に手を入れる。咄嗟にアリと博三の腕を掴み、手前の店の壁際に体を寄せた。

「バシュッ」

ビーム銃特有の、果実を握りつぶす音に似た爆発音。黒人系の店員の体がゆらりと揺れ、ドッと仰向けに倒れた。その横で、今まさに店に入ろうとしていたピンヒールの女の子が「きゃあああっ」と悲鳴を上げる。

「えっ、何……何なんだよっ」

カクカクと左右に首をふるアリと腰を抜かした博三を引っ張り、ケインは建物と建物の間に逃げ込んだ。バシュッ、バシュッと続け様に聞こえるビーム銃の発射音。建物の角から店の前を覗くと、青い髪の男は「ははははっ、ははははっ」と笑いながら、ビーム銃をあらゆる方向に向かって撃ち放っていた。

男は錯乱（さくらん）している。ホープタウンでも全裸で踊り回ったり、自分で自分の手足を切り落とすテス中毒者はそこかしこにいたが、乱射を見るのは初めてかもしれない。ビーム銃は高額なので、収入がないと買えない。ホープタウンだとビーム銃は真っ先に金に換えられてテス代になるので、錯乱での乱射は都市部ならではかもしれない。

ビーム銃が厄介（やっかい）なのは、弾丸ではないので燃料が切れるまで打ち続けられるということだ。となると、この状況がいつまで続くかわからない。ケインが通報しようとフォーンを取り出すと同時に、エアパトカーのサイレン音が猛烈なスピードで近づいてきた。到着が早いので、入り口で店員が男と揉（も）め始めた時点で、店の関係者が呼んだのかもしれない。パトカーのライトが店の周囲を赤々と照らし、青い髪の男に向かって発砲する。急所を外し手足を狙われた男は、ビーム銃を持った腕を肘（ひじ）から吹き飛ばされ「あああああっ」と叫んで地面でのたうち回った。

次々に集まってくるエアパトカーのサイレン音が、まるで洪水（こうずい）のようにうねっている。ケインは小さく舌打ちした。

「ここにいると警察に事情聴取されそうだな。時間の無駄だし、もう帰ろうぜ」

振り返ると、アリと博三は店の壁を背にしゃがみこみ、頭を抱えてガタガタと震えていた。

「……あ、えっと……そこに座ると、尻が濡れるぞ？」

アリは「あっ、ああ、まぁ……」と俯（うつむ）く。

「悪いけどアリ、俺と博三を家まで送ってくれるか？」

「わ、わかった」

「今、エアパトカーでこの辺混んでるから、数ブロック先まで歩いた方がよさそうだな」

頷くものの、アリは立ちあがらない。ケインを見上げ「腰が抜けた」と呟いた。ぐずぐずしていたせいで案の定、警察に見つかった。中年の警察官は、しゃがみこんでいるアリと博三を見下ろし、そしてケインに視線を向けた。

「すみません。少し先のブロックで男性が撃たれたのですが、何か見ていませんか？」

二人は震えるばかりでろくに話せそうもないので、ケインが説明した。青い髪の男が店に入れろと要求するが、招待券を持っていないので入れられないと店員と揉めていたこと。男が店員を撃ったので、自分たちは危険を感じて建物の隙間に逃げ込んだことを簡単に。

「男は喋りながら泡を吹いていたから、もしかしてテス中毒かな、錯乱したらやばいなと思って見てました」

警察官が眉間に皺を寄せ、首を傾げる。

「あなた、テス中毒に詳しいですね」

……胸がひやりとする。都市部でテス中毒の人間を見ることは殆どない。中毒症状について知らないのが当たり前なのだ。このままだと、乱射男の仲間と疑われかねない。

「仕事柄、禁断症状のテス中毒の人間と接することがあります」

職業は？　と聞かれたので「刑務官です。仕事帰りに楽しもうと思ったら、この有り様でした」と答えて、身分証を掲示（けいじ）する。「ああ、それで」と警察官の眉間から一発で不穏な皺が消えた。

三人ともフランス中央刑務所の刑務官だとわかると「息抜きにきたのに、運が悪かったね」と同情され、それ以上は何も聞かれずに解放された。

ようやく立ち上がった二人と一ブロック歩き、エアカーを呼んだ。事件を受けて、自分たちと同じく早々に帰るものが続出したのかエアカーポートは出庫（しゅっこ）が混雑しているらしく、少し時間がかかりそうだった。

止（や）んでいた雪が、追い打ちをかけるように再び降り出した。どんどん体が冷えて、指先も痛くなってくる。朝、薄いコートか厚いコートか迷って、薄いのにした。あの時、厚いコートを選んでいればと後悔したが、それも今更だ。ビールの酔いも、銃撃事件の衝撃でとうに冷め切っている。

「……お前は冷静だな」

アリが低い声で呟く。そういえばいつもうるさいぐらいよく喋る男なのに、事件の後から殆ど口を開いていなかった。

「そうか？　けど俺たちに怪我がなくてよかったよ。あんなのに巻き込まれて死んだとか、最悪だからな」

確かに、とアリは同意したが、再び黙り込む。様子が変だなと思ったものの、目の前で乱射はあったし、ナーバスになっているんだろうと深くは考えなかった。ケインにとって、喉元を過ぎた危険よりも、凍えるほど寒い中にじっと突っ立っていることの方が深刻で、早くアリのエアカーが来ないかと、空ばかり見ていた。

「目の前で人が撃たれたっていうのに、お前はよく平然としてられるな。心臓が氷でできてんじゃないか」

こちらを非難する口調ではなかったが、それを聞いた瞬間、失敗したと感じた。テス中毒の錯乱だから、ビーム銃を乱射しても、最初の店員以外は何かを狙っている感じはなかった。あいうのは、運が悪くなければ避けられる。もっと怖いのは、ギャング同士の抗争だ。あいつらは容赦がないので、銃撃戦に巻き込まれたらまず生きていられない。もっと怖い状況を知っているから、中毒者の乱射なんて大したことはないと思っていた。けれど「普通の都市部の人間」は、怖がるものなのだ。

「……俺、緊張すると冷静になるタイプだから」

誤魔化す。アリは「ふうん」と相槌を打ったきり、それ以上は何も言わなかった。

午前九時、ケインは初めてH３の日勤担当に入った。夜勤担当のニライには昨日、ワリーの申し送りの後で挨拶してある。ニライはグレーの髪に灰色の瞳で、顔に皺も多い。刑務官は六十歳で定年退職するが、ニライはあと一、二年じゃないだろうか。

ケインの顔を見たニライは「じゃあよろしく」とだけ言い残し、欠伸を一つしてサッサと帰っていった。変わったことがなければ、申し送りはないとワリーに言われていたが、本当になかった。異動してきた勤務初日の人間に対する気遣いすらも。

Ｈの一桁台の刑務官はホープタウンの出身が多いと聞いたので、もしかしたらニライもそうなのかもしれないが、都市部の人間の可能性もなくはないので聞くのが怖く、確かめることはできなかった。

執務室で一人きり、ケインは小さく息をついた。独房と執務室の間の壁はクリアになっていて、房内がよく見える。基本、壁はクリアの状態でなくてはいけない。房内には４台のカメラが向けられ、執務室のモニターに映し出されている。モニター映像は常時録画されていて、何か事件、事故があった際の記録も兼ねていて、囚人の死後も十年は保存される。

しかし刑務官がこのフロアから出て行く際は、独房と執務室を隔てるガラスはスモークがかかり、白い壁になる。そうすると担当刑務官のかわりに、中央管理室が集中的に囚人を監視することになる。不在時にスモークがかかるのは、間違って誰か他の刑務官が入ってきた時に、囚人の姿が見られないようにするためだ。それだけＨの一桁台の囚人は、存在自体を必要最低限の人にしか知らせたくないということなんだろう。Ｈ３も「絶滅したはずのＯをテロリストに寄生させられた元大統領の子」という、前代未聞のスキャンダル物件なので、世の中に知られたくないというのは納得できる。

Ｈ３はケインが来た時から、エアチェアに座り壁に映し出された動画を見ている。それを横目に、マニュアルにあるよう夜勤の記録をチェックした。夜勤は午後五時から翌朝の午前九時まで。ケインとニライは一週間毎に昼と夜の勤務を交代して行うことになっていて、今週はケインが日勤に入る。

記録は全てチェック方式になっていて、娯楽、運動、食事、排泄、睡眠のいずれかを入力するだけ。備考欄に手書き入力できる部分もあるが、夜勤は特記すべき事項はなかったのか、何も記載はなかった。

見回りは一時間に一度。ニライが午前九時の見回りを終えていたので、次の見回りは午前十時。ケインは執務室の椅子に座り、Ｈ３を監視する。奴は今日も全裸で、そしてなぜか前髪だけはかっこよく決まっていた。

Ｈ３の動きを一瞬も洩らさぬ勢いで集中して見ていたが、奴はずっとエアチェアに座り続け、時折緩慢に足を組み変えるだけ。不意にＨ３が大きく前屈みになり、つられてケインも立ちあがったが……Ｈ３はすぐにエアチェアに背を凭せかけ、ふうっとため息をつくように唇を窄めた。いったい何のパフォーマンスかと考えていると、今度は赤毛の尻尾がバタバタと左右に揺れ、犬耳がピンと立った。琥珀色の両目は大きく見開かれ瞬きもしない。どうやら視聴中の動画に興奮してアクションを起こしているらしい。恋愛映画でそれほど興奮できるのか謎だが、見ているのは間違いなくそれなので……まぁ、そうなんだろう。

　前大統領のナイジェル・ハマスは大柄で、四角い顔に丸鼻、大きな口と決して美男子ではなかった。H3は顔も小さくて鼻も高い。涼しげな目元や、薄い唇といったパーツの形も整っていて、とても美しい容姿をしている。母親だったビルア種は、大統領が囲って子を産ませるぐらいだから、相当の美人だったのだろう。

　庶子(しょし)とはいえ、前大統領ナイジェル・ハマスの一人息子。ビルア種で、この美しい容姿。生まれながらにして「上流階級」を約束されていたのに、誘拐されてOを寄生させられ、十年以上も刑務所に収監されている。そしてOが出て行った後も、奪われた二十五年という地獄が待っている。意地悪な魔女が不幸の呪いをかけたのではないかと思うほど、悲惨。惨(むご)いものだなと同情してしまう。いや、今は精神を乗っ取られている状況だから、自分が「悲惨」だという意識もナイジェル・ハマスの一人息子にはないのだろう。

　どんな親から、そしてどこで産まれるかというのは重要だ。その後の人生を大きく左右する。ケインは、生まれも育ちもホープタウンだ。希望の街という名前とは裏腹に、そこは貧しい人たちが寄り集まって暮らす貧民窟(ひんみんくつ)。法の手が届きづらく、薬物と犯罪の温床(おんしょう)、無法地帯になっている。このホープタウンは、どの都市にいってもその近郊に、影のようにひっそりと、確実に存在している。

　自分の母親はホープタウンの娼婦で、父親は来ていた客の誰か。母親は茶色の髪に青い瞳だったのに、自分は金色の髪にフレッシュグリーンの瞳なので、そういう容姿の男だったんだろう。母親は避妊に失敗したり、客からのレイプ被害にあって何度も妊娠し、何回も子どもを堕ろした。ある時、母親は客から暴力を振るわれて背骨を痛め、しばらく仕事ができない時期があった。そして「することもなくて暇だから」とたまたま腹の中にいた子を産んだ。思いつきで子を産む女がまともに赤子の面倒など見られるわけがなく、ケインは娼館の片隅、年老いて事務や清掃に回った元娼婦たちに育てられた。

元娼婦たちはみんな優しかったが、そこは子どもを育てる場所ではなかった。物心つく頃には、ケインは男と女がどのように性行為を行うのか知っていたし、娼婦が男の客に暴力を振るわれるのを……殺されるのを見てきた。

母親は子どもの教育に無頓着だったが、元娼婦たちは「ケインは頭がいいから」とホープタウンで唯一の学校に通わせてくれた。特に自分を可愛がってくれたのがデリアという中東系の元娼婦で「勉強して、早くここを出ていきなさい」と繰り返し、呪いのように言い聞かされた。

「ここは世界の底だから。ここにいたって、ろくなことなんかありゃしない。あんたは頭がいい。それは神さまからいただいたギフトだから、大切に、大事に使いな。あんたの母さんは、顔が綺麗なこと以外はろくでもない女だけど、頭のいい種の子を産んだのは、えらかったと思うよ」

当時はホープタウンしか知らなかったので、自分の周囲でおこる出来事をおかしいと思っていなかった。街角には合成麻薬テスの売人が立っていて、裏路地にはテス中毒で末期の輩が男女問わず座り込む。怒鳴り声や悲鳴、路上でのケンカは当たり前の風景で、ギャングの銃撃戦に巻き込まれた運の悪い人間が流れ弾に当たって死ぬのも仕方がないと諦めるのが異常だという認識もなかった。

薬と暴力にまみれた街だったが、自分が育った娼館の事務所は安全で、居心地がよかった。何よりデリアが好きで、デリアに誉められたい一心で勉強した。成績がよかったので奨学金がもらえ、それで大学に進学し、世界試験に受かって世界政府の職員になれた。

一度、都市部で暮らしてしまうと、ホープタウンの生活がいかに劣悪だったのか思い知らされる。男は女を日常的に殴ったりしないし、道端でレイプもしないし、面倒事に関わるのは嫌だと見て見ぬ振りもしない。

都市部で働けば、水と湯の出る清潔なアパートに住めて、安全で美味しい食事をとることができる。一人で街を歩いても命の危険はなく、楽しく夜遊びできる。今の自分がそうだ。どれだけ頑張ってホープタウンの人間が憧れる都市部での生活を手に入れたとしても「ホープタウン出身」という履歴は一生ついて回るし、侮蔑の対象になる。

だからホープタウンの出身者は、出自を隠す。最初から都市部で産まれ、都市部で生活をしていましたよという顔をする。けれどどこの生活も、働けている間だけ。金のある間だけ。病気か事故で働けなくなれば、ホープタウンに戻るしかない。ここには自分を助けてくれる親類は一人もいない。

ホープタウンの住人、特に女性は都市部の人間との結婚を夢見る。結婚すれば、堂々とホープタウンを離れられるし、子でも産んで家族としての基盤をつくれば、一生安泰に暮らせるからだ。けれど夢はあくまで夢。ケインの周囲で、都市部の人間と結婚して幸せになった女性はいない。どこどこの娘が都市部に嫁に行ったと聞かされても、実際は人身売買組織に騙されて外国の娼館に売り飛ばされていたり、金だけ騙し取られたりと、そういう話が山ほど転がっている。

そこまで酷くなくても、都市部に住みたがっているホープタウンの女性を、都市部の男が甘い言葉で誘い、やるだけやってゴミのように打ち捨てるという話は掃いて捨てるほどあった。

ホープタウンに帰りたくないから、ケインも都市部の人間と結婚してしっかりとした生活の基盤を作りたかった。その相手として美和は最適だったけれども……。

ぼんやりと考え事をしているうちに十時、見回りの時間になっていた。見回りといっても、独房の上と下にある二つの廊下を二周するだけ。その間に、部屋の中に危険物はないか、危険物を作成している気配がないか確かめる。しかし鋭利なものやロープ状になりそうなものは片っ端から撤去されている。もしH3が房内で自殺しようとしたら、ベッドのシーツを素手で引き裂いてロープを作り、それで自らの首を絞めるか、自分で自分の舌をかみ切るぐらいしか手だてはない。

危険物も見あたらず、危険行為もなく、ものの三分で見回りは終わる。次は十一時。執務室の椅子に戻ったが、Ｈ３は相変わらず動画を見ている。この状態の、殆ど変化のないＨ３をまた一時間監視するのかと思うとうんざりする。楽な仕事で命の危険もないのに、退屈で欠伸ばかり出る。初日で二時間も経たぬうちにこの有様。救いはＨ３の監視が半年後のフェードアウトで確実に終わるということだけだ。

Ｈ３が壁面のモニターを消し、エアチェアから降りた。大きな動きは、ケインが来てから初めてだ。寝室とリビングの間を早足に行き来する。何度も何度も同じことを繰り返す姿は、箱庭に閉じ込められたネズミのようだ。狭い場所にずっといるせいで、寄生体の精神がおかしくなって異常行動にでているのかと焦ったが、不意にぴたりと止まった。

次はリビングの床に俯せになり、腕立て伏せを始める。30回腕立てをすると、今度は仰向けになって腹筋を30回。ようやくこれは「運動」なのだと気づき、慌てて日誌の「運動」にチェックを入れた。

Ｈ３には、地上階にある一般的な独房のように管理者側で決められた運動の時間、例えば運動場に出て体を動かすという項目はない。独房から一切出ないシステムになっているので、どうするんだろうと疑問だったが、囚人が自主的にやっているとは思わなかった。寄生体は知能指数が高いと聞いているので、寄生した肉体の管理も自分で適切に行えているんだろう。

運動はＨ３の中でルーチンになっているのか、縄跳びに似たジャンプや逆立ちなども組み合わせた運動を黙々と2セット、合計で六十分ほど体を動かした。

見回りの時間がやってくる。ケインが房の周囲をゆっくりと歩いている間に、Ｈ３はシャワールームに入って、汗を流した。細身だが引き締まった体をしているのは、自主的、かつ定期的な運動をしているからだとわかり、納得する。

トイレ兼シャワールームの前を通る。こちらからはほんの二、三歩の距離にシャワーを浴びている全裸の男が立っている。Ｈ３と視線が合い、思わず足が止まる。見られているように感じるが、実際は見られていない。中から外は見えないからだ。それでも視線がこちらを向いていると、意識してしまう。

Ｈ３が俯き、視線が逸れてホッとしたのも束の間、囚人は右手を股間に伸ばした。それを握りしめ、ゆっくりと手をスライドさせ始める。男性器が勃起するのがわかり、ケインは足早にＨ３のいる場所から離れて、寝室側に回った。

透明の独房で全裸。排泄も丸見えで、Ｈ３のプライベートは一切ない。そしてオナニーが男性の生理現象として仕方ないのはわかっていても、同性の立場からしてああいうのを他人に見られるのはキツい。Ｈ３は知らなくても、見ている方はどうにも居たたまれない。

ケインが執務室に戻っても、Ｈ３はまだ自慰行為を続けている。これも見ていないといけないんだろうか。夜、寝る前にベッドの中ですれば、シーツに遮られて丸見えだけは回避できるが、それをＨ３に伝えることはできない。Ｈ３が生死に関わる状況に陥った時だけ、緊急措置

として独房の扉を開けることができるが、それ以外はこちらからの接触は一切できない。

十五分ほどで射精し、H3は汚れを洗い流した。その後は、ウォームウインドで一気に体を乾かし、ようやくトイレ兼シャワールームを出る。

チェック記録を前に、ケインは悩んだ。ここに「自慰行為」と書くべきなのかどうか。こんなことまで記録に残すと、やりすぎ、おかしいと思われそうで悩みに悩んで、過去のH3の記録を参照する。ここ三年ほどは記載がなかったが、四年前に「自慰行為」の記載があった。以前記載があるのなら書いても大丈夫だろうと、「自慰行為」と手書きで入力し、ホッと息をつく。

独房内では昼食の準備が始まるようで、リビングの壁面にあるタッチパネルに「寝室へ移動してください」と表示が出る。H3が寝室に入ると自動扉が閉まってロックがかかり、H3は寝室に閉じ込められる。その間にエアチェアは自動的に部屋の端に寄せられ、リビングの地下扉が開く。強化パルプの椅子とテーブル、その上に食事がセッティングされた状態でゆっくりとせり上がってきた。H3に使われる食器は、スプーンやコップに至るまで、全て強化パルプになっているとマニュアルに書いてあった。

昼食の準備がすむと寝室の自動扉が開く。H3はリビングに入り、食事を始める。さっきまでオナニーをしていた全裸の美しい男は、粗末(そまつ)に見えるパルプ製のフォークを手に持ち、ゆっくりと、優雅に食事を始めた。

Hの一桁台の刑務官も、昼休憩の間は食堂へ移動して食事することを許可されている。執務室から出て行くのが面倒なら、モニターで食堂にオーダーすれば執務室の受取口、ソファ横のキャビネットの中まで届けられる。

どうしようか迷ったが、食堂に行きたくなかったのでモニターからオーダーした。昨日、ビシュアの前で乱射を目撃したあと、どこにも寄らず真っ直ぐ家に帰ったが、帰りのエアカーの中でアリと博三の様子がおかしかった。都市部で滅多にない乱射を目撃し、二人はショックを受けると同時に、トラブルに見舞われても平然としていた自分に違和感、疑問を感じたように思えた。ホープタウンの人間だと気づかれた風でもないが、何となく……今は二人と一緒にいたくない。

アリや博三といると楽しいし、二人を友人に選んだのは自分だが、一緒にいるために少しだけ無理をしている。ワリーに擬態と言われたが確かにそうで、過剰に軽薄さを演出しているという自覚はある。

一人きり、食堂から届けられたサンドイッチで軽い昼食をとりながらH3を監視する。H3は食事を終えたので、テーブルと椅子は既にリビングの床下に片付けられ、今はエアチェアに腰かけたまま目を閉じている。犬耳と尻尾も力なくダランと垂れ下がる。動画は流れっぱなしなので、寝落ちしてしまったようだ。その姿を見ていると、監視しているこちらも猛烈に眠たくなってくるが、中央管理室のモニターには監視している自分の姿も映っている筈だ。居眠りなどしていたらサボっていると思われるし、下手したら減給対象になるかもしれない。「これが仕事！」と自分に言い聞かせ、歯を食いしばってまとわりつく眠気を追い払った。

二十分ほど昼寝をし、H３は目を醒ました。ぼんやりした表情のまま、大きく欠伸する。そして寝ている間に進んでしまった動画に気づき、続きに戻って視聴を始めた。が、それも十五分ほどでぷつりと切った。エアチェアから立ちあがり、壁のタッチパネルに近づく。そして何か入力した。

ケインの目の前にあるモニターに、メッセージの着信を示すアイコンが表示される。慌ててアイコンをタップすると「愛と欲望のカルテット　11話以降の動画」とあった。

慌ててエアパソコンでチェックする。H３が恋愛動画を見る場合、希望した物を一日八時間までH３が自由に操作し閲覧することが許可されている。しかしそれを見たければ、刑務官が手動で希望のものが視聴可能になるよう制限を解除しなくてはいけない。ケインはパソコンで「愛と欲望のカルテット　11話以降」の動画を探した。「愛と欲望のカルテット」は全50話ある。1話から10話までを終了とし、新しく11話から20話までをH３が視聴できる設定にした。

操作が完了する。すると房内の壁面パネルの右側に青いランプがぽつんとついた。H３が壁面パネルに近づいてきて、操作する。新しい動画が見られるようになって嬉しいのか、赤い尻尾がフサフサと左右に揺れる。そして満面の笑顔のまま、天井を向いて何か喋るみたいに唇を動かした。

Ｈ３はエアチェアに腰かけ、動画の鑑賞を再開する。午後二時の巡回を終えても、まだ熱心に見入っている。

退屈が耐え難くなり、Ｈ３の過去記録のデータを取り寄せ読み始めた。昨日、要所をまとめたものには目を通していたが、他にすることがないので暇潰しだ。エアファイルを見ていれば、管理室からもサボっているとは思われないだろうという思惑もあった。

ヨシュア・ハマスは五歳で誘拐され十八歳で保護された。ヨシュアに寄生したＯは人でもビルア種でもないので法律は適用されない。しかし特別危険因子として、裁判も受けぬままヨシュア・ハマスの肉体ごとＨ３、ここに収監された。読み進めてゆくうちに「Ｏの排出処置をするも、成功せず」と記載されてあるのを見つけた。

Ｏという寄生体は、寄生した肉体が三十歳にならないと出られないいんじゃないいんだろうか？疑問に思い検索すると、あった。Ｏに寄生された人間を仮死状態にすると、Ｏが「寄生した肉体が死んだ」と判断し、三十歳を待たずに肉体から出て固体化するとのことだった。仮死状態は水中で行うことが推奨されていた。水中で仮死状態になると、空気中よりも早く速やかに口腔から体外へ、可視化された状態でＯが排出されるらしい。

しかし排出療法で仮死状態にしたものの、蘇生できなかった例が多数みられた。Ｏが寄生したと嘘をついて排出措置を施し、故意に蘇生せず殺人事件に発展した事例もあり、Ｏを排出するための仮死療法は法律で禁止された。しかし肉親の強い同意がある場合のみ、例外的に許可されることもあると書かれてあった。

　ナイジェル・ハマスは、息子が三十歳になるのを待てずに、死のリスクを覚悟で排出処置をし、失敗したのだ。しかし失敗は、死亡ではなかった。死んでいたら、今あそこにＨ３はいない。排出療法をしても、死の状態が不完全で０が体内から出ていかなかったということだろう。

　改めてＨ３を見た。他人の体を乗っ取って、独房で暮らす寄生体。半年後に否応（いやおう）なくその体から弾き出されるもの。そこにあるのは、確実な死だ。寄生体は自らの死をどのように捉えているんだろう。

　エアチェアに座り、ゆらゆらと尻尾を揺らしながら動画を見ているＨ３からは、確実に迫（せま）り来る死の悲壮感など、微塵（みじん）も感じられなかった。


　風がないので、花びらが落ちるようにそろり、そろりと雪が降る。リンクサイドにある野外カフェ、コーヒーを置いてある丸テーブルの上にも、ぽつぽつと積もる。ケインは椅子に座ったまま、博三、美和、アリ、ブロアの四人が滑（すべ）っているのをぼんやりと眺めていた。エッジが削（けず）り取る氷の欠片（かけら）だろうか、ライトに照らされた夜のスケートリンクは、時折キラキラと光る。ケインもスケート靴は借りてあるが、足許（あしもと）に転がしたままだ。

　Ｈ３への異動初日にして、猛烈に退屈極まりない仕事を終えてロッカールームにゆくと、先に来ていた博三と目が合った。

「いるんじゃん。お前さぁ、どうして昼休憩の時に食堂にこなかったんだよ」

文句を言いながら、近づいてくる。

「今日から担当房が変わったんだよ。それでバタバタしてさ」

そういや昨日、そんなこと言ってたな、と博三はその場しのぎの適当な言い訳に納得してくれた。

「俺のとこでもアリのとこでもないってことは、赤のエリアか？」

隠し続けられるものでもない。正直にHの一桁台の囚人の担当になったこと、昼休みしか休憩に外へ行けなくなったことを伝えた。博三は「一桁台の担当ってすげぇじゃん」と感心している。話をしているうちに、アリも更衣室に入ってきた。まっすぐこちらに近づいてきて「ケイン、昨日はごめんな」と決まり悪そうに俯(うつむ)いた。

「危ないとこを助けてもらったのに、冷たいとか何とか、変なこと言っちゃってさ。お前が気を悪くしたんじゃないかって、ずっと気になってたんだよ」

しょげた猫みたいな顔で謝られる。軽薄だが、優しくて気の小さい男だ。「気にしてないし」と言ってやると、アリはホッとした表情で息をついた。

「昨日の今日でアレだけどさ、晩飯おごるから、その後でスケートに付き合ってくれないか」

アリにガッツリと肩を抱かれる。

「ス、スケート?」

……胸の奥がザワつく。

「アリがさぁ、ブロアと大変なことになってんだよ」

博三の説明によると、アリは昨日「ビシュア」で乱射事件に遭遇したことをブロアに話した。するとブロアは婚約者が事件に遭遇したことよりも、自分がいながらナンパで有名なクラブに遊びに行こうとしたことに激怒したらしい。

「でさ、どんなに謝ってもブロアが許してくれないから、俺とケインに頼み込まれて、アリは仕方なくビシュアに連れて行ったたってことにしたらしいんだよ」

「……アリ、お前がノリノリで俺らを誘ってきたんだろ」

ケインが冷めた視線を向けると、アリは「わかってる、わかってるんだよ」と両耳を塞いだ。

「博三とケインに頼まれたって言っても、ブロアは信じてくれないんだ。だから一緒に来て、言い訳……いや、説明してくれ」

頼み込まれて、仕方なくアリに付き合った。ブロアはアリの「言い訳」に気づいているようだったが、友達まで総動員しての謝罪に「もういいわよ。怒ってないから」と呆れ顔で許した。

食事のあと、ブロアたっての希望でスケートリンクに遊びに来た。そこで偶然、美和に鉢合わせた。知りあいの家に行った帰り、たまたまリンクの横を通りかかり、滑ってみたくなったと話していた。

アリはブロアと手を繋いでゆったりとリンクを回っている。博三と美和は二人とも子供の頃にフィギュアスケートを習ったことがあるらしく、くるくるとスピンをしたり、軽く飛んだりして楽しそうだ。

アリとブロアは仲直りしたし、もう自分がいなくても大丈夫だろう。どのタイミングで帰ろうか。あんまり早すぎるのもなと考えているうちに、美和がリンクから上がってきた。こちらのテーブルに近づいてくる。ジーンズに灰色のコートと服は地味だが、スタイルがいいのでかっこよく見える。勤務中はまとめてある髪も、今はおろしている。

美和はケインの足許に転がっているスケート靴をチラリと見た。

「滑らないの？」

「うん、まあ」

美和がにやっと笑い、隣の椅子に腰かけた。

「滑れないなら、教えてあげるのに」

カフェの椅子を温め続けているのは、それが理由だと思われてたんだろうか。

「俺、滑れるから。昔、転んで脳震盪をおこしたことがあって、それで……ちょっと」

「あぁ、そういうこと」

「俺のことは気にしないで、もっと滑ってきたら？」

「疲れちゃったから、ちょっと休憩」

美和はフーッと息をつき、寒そうに手袋の両手を擦り合わた。

「これ、飲む？」

コーヒーを差し出すと、美和は驚いた顔で何度か瞬きした。

「買ったけど、口つけてないから。ブラックだけど」

「いいの？」

「いいよ。さっき買って来たから、まだ温かいだろ」

美和はそろそろとコーヒーに手を伸ばし、両手で握りしめて「ありがと」と呟いた。寒そうだなと思っただけで、その行為に深い意味はなかったが、リンクサイドの博三と目が合った。

……怒ってはいないが、悲しそうな表情でこちらを見ている。

「やっぱりちょっと滑ってくる」

呟き、ケインはスケート靴を履いた。腰を浮かしかけた美和に「コーヒーをみてて」と止まらせ、一人でリンクに出る。

レンタルのスケート靴だが、よく滑る。子供の頃、古道具で買ってもらった大人用のスケート靴の先に布を詰めて、家の近くのバレクワ川でよく滑った。今思えば、よくあれで滑れたなと思うほど刃が欠けたボロボロのブレードのスケート靴。それでも宝物だった。

雪が降り始める時期になると、水の流れが遅くて浅いバレクワ川はすぐに氷が張る。そして川原にはぽつ、ぽつと凍死体が目立つようになる。もとから川岸に住んでいるホームレスが酔っぱらったまま寝て凍ったり、道路や家の前で凍死した人を、夜が明ける前に川原へ捨てに来る人がいるからだ。

凍死体をかき集める清掃車の横で、子供たちはスケートをして遊ぶ。回収される死体を、一つ、二つと数える。毎年そうだった。

目の前を父親と五、六歳の子供が手をつないでゆっくりと横切っていく。よけようと右に体重移動したところで、エッジが何かに引っかかった。しまった……と思った時には体が浮き、俯せにドッと倒れ込んでいた。

氷に顎(あご)がぶつかり、ゴッという衝撃が脳天に響く。頭の中で小さな羽虫が飛び回るように、小さくワンワンと反響する。「お前、何してんだよ～」と笑う博三の声。顔を上げると、ブレードで削れて白くなった氷の上に、ぽたりと赤い血が落ちた。全身にぞわあっと怖気(おぞけ)が走る。

……十二歳の冬だった。その日は日曜日で、母親が家を留守にして二日目。三日や四日帰ってこないなどザラだったし、食べ物を買うお金は置いていってくれるので、今回も気にしていなかった。ケインは朝早くに家を出てバレクワ川に向かった。この寒さだと、川に氷が張っているのはわかっていたので、誰よりも早くスケートがしたかった。

川岸には清掃車が来ていて、いつものごとく凍った死体をかき集めていた。早速スケート靴を履いて、凍った川の上に飛び乗った。誰の靴跡もついてない氷の上を滑るのは気持ちいい。朝一番のご褒美だ。スケート靴を持っていなくて靴のまま滑る子もいたので、中古のボロボロとはいえ、スケート靴で滑れることがケインは自慢だった。

あの時もすいすい滑っていたのに、途中でブレードが氷に引っかかって俯せに転んだ。川岸の草かゴミが凍ったものの上に乗り上げたに違いない。チッ、痛いなぁと思いながら氷の上に肘(ひじ)をつき、氷を見下ろしてギョッとした。そこに人がいたからだ。広がった茶色の髪、半開きの口元……濁(にご)った青い瞳がぼんやりと自分を見ている。それはよく知っている顔、母親の顔だ。母親が自分を見ている。氷の下から。

体がガタガタ震えてきた。何も、ない。ここには、何もない。あれは十二歳の時の話だ。ここはみんなが憧れる都市部のスケート場。川岸で凍死体がかき集められるバレクワ川じゃない。

「ケイン、大丈夫なの」

肩に置かれた手。振り返ると、いた。濃い色の、大きく広がった髪の毛。氷の中で凍った、母親の髪が……。

「うわあああああっ」

頭の中に響く声が、記憶の中の声か今の自分の叫び声なのかわからない。手の感触を振り払い、スケート靴のまま走った。氷から上がり、靴を脱ぎ捨てて靴下のままスケート場を出る。夜の街を走って、走って……途中で両足の冷たさに、ふと我に返った。

エアタクシーを拾って家に帰る。タクシーの運転手は靴下だけの男が気になるらしく、バックミラー越しに何度もチラチラとこちらを見てくる。

「酔っぱらっていて、靴を忘れてしまいました」

夕食の際に飲んだワインの一杯などとっくに消化されているが、運転手が納得するなら理由は何でもいい。そして後悔した。やっぱりスケート場なんかに行かなければ、滑らなければよかったと。

……母親の水死体を自分で見つけてしまった衝撃は、トラウマになった。何度も夢に見て、飛び起きた。スケートをすると記憶がぶりかえしそうで、あれ以来滑っていなかった。大人になれば大丈夫かと思ったが、トラウマはまだ胸の奥で息を潜めている。

母親の首には、何かで絞められたような跡が残っていたのに、ホープタウンの警察は「薬物の過剰摂取（かじょうせっしゅ）」と判断した。殺されたんじゃないのと訴えたが、子供は相手にもされなかった。当時は見て見ぬ振りをする警察の態度に怒りを覚えていたが、今となってはもうどうでもいい。犯人が捕まったところで母親は戻ってこない。それに当時の母親が重度のテス中毒だったのは、子供の目から見ても明らかだった。

恋人に殴られてばかり、薬をやってばかりで、ろくに子供の面倒も見ない。そんな母親でも、生きていてほしかった。けれどあの時殺されて楽だったのかもしれない。生きている間に、楽しそうな顔を見たことは殆どなかったからだ。

博三からフォーンに連絡が入る。面倒だから、ホログラフィは表示しない。急にいなくなった自分を、みんな心配していると音声メッセージが伝えられる。少し考えてから「気分が悪くなったから、先に帰ることにしたよ。今日はごめんな。また明日」と返事をして、フォーンの電源を落とした。

外は猛吹雪（もうふぶき）だが、地下にある独房は常春（とこはる）の陽気だ。全裸のＨ３が心地よく生活できるよう、温度と湿度は完璧なバランスで設定されている。

Ｈ３の担当になって三週目、先週は夜勤だったので、今週は日勤になる。ケインが夜勤のニライと交代した直後、Ｈ３に動きがあった。壁のタッチパネルで何か入力する。いつもの、ドラマシリーズの続きの視聴希望かと確認するも、こちらのモニターには何も反映されない。入力してやめたのかと思っていたが、一時間ほどするとＨ３は再び壁のパネルに入力した。やっぱりこちらのモニターには未表示。Ｈ３はパネルの前で腕組みし、首を傾（かし）げている。

もしかして、執務室のパネル表示に何か問題があるんだろうか。Ｈ３が入力をしていないという可能性もあるが、入力したふりをするというのも意味不明だ。ケインはオフにしてある房内の音声を初めてオンにした。オンにすると、房内の音声が執務室に聞こえる。音声はオンでもオフでもいいが、ニライとワリーは「騒々（そうぞう）しい」といつもオフにしていたようなので、ケインもそれに倣（なら）っていた。

『おかしいなぁ』

壁のパネルの前で、Ｈ３が呟く。初めて聞くＨ３の声は、想像していたよりも少し低かった。

『この前は九時過ぎに入力したらすぐに続きが視聴出来たのに、どうして今日は反応が遅いんだろう』

やっぱりＨ３は入力している。となると表示されないのは執務室側のモニターの問題だ。ドラマ視聴は、何もない房内でＨ３の数少ない娯楽の一つ。それがわかっているから、視聴希望があればすぐに対応していた。

中央管理室に執務室のモニターに不具合があるので修理してほしいと連絡を入れる。すぐに技術者を送るとのことだったので、マニュアルに沿って独房にスモークを入れた。透明の壁が一瞬で白壁になり、Ｈ３の姿は見えなくなる。

技術者は三十分ほど執務室のモニターと格闘するも「原因がわからない」と途方に暮れた。そうこうしているうちに、技術者とケインの二人に中央管理室に来るよう連絡があった。

お前のモニターの取り扱いが雑で壊れたんじゃないかと叱られそうで緊張していたが、違った。どうやら同じ不具合が他の独房でもあったらしく、どういう状況だったのかプログラマーに事細かに説明させられた。プログラマーは話を聞きながら、エアパソコンで操作していく。

中央管理室にはモニターが200台近く並んでいるが、管理している職員は五人だけ。全ての画像をリアルタイムで目視（もくし）するのは到底無理だろう。まぁ、ずっと見ていなくても自動判別装置がはいっているので、危険行動が見られた場合、即座に対応されるんだろうが。

システムは調子が悪いらしく、何度も管理室に甲高いアラーム音が鳴り響く。その音に辟易したのか、職員の一人が「システムのチェック中だけ、一時的にアラームの消音の許可をお願いします」と上司に訴えた。上司もうんざりしていたのか「よし」と頷き、職員は操作盤の右端のスイッチと、その傍にあるアラームのスイッチを順に押した。アラーム音が反響して騒々しかった管理室が、ようやく静かになる。

システムチェックは延々と続いている。帰っていいという許可もないし、することもないのでずらりと並ぶモニターを見ているうちに、Ｈ３の独房の映像を見つけた。シールドがかかっているので、モニターに映し出されている映像は独房の中だけだ。執務室や外廊下は映っていない。独房らしき映像はＨ３以外にもあったが、どの映像にも刑務官や執務室は映っていなかった。

「Ｈ３の担当なんですが、独房の壁はどこもスモークがかかってるんですね」

優しそうな顔の職員がいたので、話しかけてみる。眼鏡の女性は「そうでもないわよ」とケインを振り返った。

「中央管理室のモニターには、スモークのあるなしにかかわらず、刑務官や執務室は映らないようになっているの。その必要もないし、独房と執務室の両方が見えるとごちゃごちゃして目視しづらいから」

中央管理室に見えていると思い、勤務中に必死で眠気を堪え、凛とした姿勢で臨むようにしていたが……これは居眠りしてもバレないんじゃないだろうか。そんな人の心を読んだかのように「見られてないからって、サボっちゃだめよ」と眼鏡の女性は釘を刺してきた。

房内のメッセージが執務室のモニターに表示されないのは、昨日組み直したプログラミングの不具合だとわかり、それから十五分ほどで改善した。ケインがH3に戻ると、執務室のモニターには、H3が入力したであろうメッセージが2回表示されていた。やはりドラマの続きの希望で、急いで続編の動画を視聴可能に設定した。

房内の壁面パネルに青いランプがつく。それに気づいたH3が「あっ、きた！」と嬉しそうな声をあげた。エアチェアに腰かけ、H3は視聴を始める。赤い尻尾がゆらゆらと揺れる。その姿を、じっと見つめた。中央管理室のモニターに、邪(よこしま)な目でH3を見ている自分の顔がうつっているのではないかと思うと怖くて、H3を見る時は意識して厳しい表情を作ることにしていたが……。

見回りの時間でもないのに、廊下をゆっくりと歩いてみる。全裸で美しいビルア種の男。容姿だけ見れば、理想だ。理想の男が惜しみなくヌードを披露(ひろう)している。見過ぎてしまったのか反応しそうになり、慌てて執務室に戻った。

ケインの恋愛対象は男性だ。しかし博三(ボーサン)とアリは、自分の恋愛対象が女性だと思っているし、自分もそう公言してきた。今にはじまったことではなく、大学生の頃からずっと異性愛者のふりをしている。

都市での生活の基盤が欲しくて、誰にでも認められる「女性と結婚して子供のいる家庭」を考えていたからだが、一緒に暮らせても性行為ができる気がしなくて諦めた。

勃たないのはまだマシで、女性との行為を想像しただけで気分が悪くなると気づいた時に、何をどう頑張っても駄目だと悟った。だからといって、急に男が好きだと前言撤回することもできず、ずるずると今まできている。大学時代は何人もの女性と付き合っていたとアリと博三には思われているが、実際は誰とも交際したことはない。奨学金で出るのは学費だけ、生活費は自分で何とかしないといけなかったので、バイト三昧でそれどころではなかった。

なので女性、男性のどちらとも経験はない。経験はないが、その行為は娼館で、掃いて捨てるほど見てきた。セックスは一時の快感でしかない。それがわかっていたから自慰で十分だったし、特にしたいとも思わなかった。今も昔も、セックスには何の理想も抱いていない。

それでも、好きになる相手はいる。赤毛のビルア種がタイプなのは本当だ。ビルア種好きは、子供の頃の刷り込みがあるのかもしれない。母親は服でも着替えるように恋人を取り替える恋多き女で、中には家まで転がり込んでくる男もいた。暴力的な男から、自分にまで手を出そうとしてくる男……どれもこれもろくでなしばかりで、こいつヤバいなと感じた時は娼館の倉庫で寝泊まりしていた。

母親の恋人は揃いも揃ってクズの見本市だったが、その中で唯一まともだったのが、赤毛でビルア種の男だった。不細工だったがとても優しくて、いつもケインの顔をふさふさの尻尾で優しく撫でてくれた。この男なら父親に欲しいなと思ったし、母親も結婚したがっていた。いい感じだったのに、その男は薬の売人同士の銃撃戦に巻き込まれ、流れ弾が額に命中して死んだ。「いい人過ぎたから、早く天国に連れて行かれちゃったのね。神様、ずるいわ」と母親は残念そうだった。

『あはははっ』

H3の笑い声が執務室に響く。モニターの不具合のせいで、音声をオンにしていたのを忘れていた。微かに聞こえてくる、ドラマの会話。ニライは音を嫌がっていたが、自分は不快ではない。執務室は静かなので、少しぐらい音があったほうが眠気覚ましになる。それに「人」を見ている感じがしていい。人……そういえば、H3は人ではなかった。

その日、一日中音声をオンにしておいた。ドラマを見ている時、H3の唇は頻繁に動いていたが、何を喋っているかは聞こえないので知らなかった。

H3はドラマを見ながら、登場人物に話しかけていた。『そうじゃないよ、マリー』『あの人は犯人だよ。信用しちゃ駄目だ』『ほら、頑張って逃げるんだ』『そいつは悪い男だから、もう別れた方がいいよ』など。H3はよく喋っているのに、その声に答える相手はいない。

一人で喋るH3は楽しそうだし、そこに悲壮感はないのに……ケインは何とも心寂しいものを感じた。

夜勤のニライが執務室を出たあと、ケインは独房内の音声をオンにした。房の中の音が聞こえてくる。Ｈ３はリビングで腕立て伏せをしていた。廊下を回り、Ｈ３に近づく。分厚(ぶあつ)いガラスで隔てられているものの、軽く一歩ぐらいの近い距離でＨ３は熱心に運動する。ハッ、ハッという息づかいが聞こえる。

「おはよう、Ｈ３。朝から活動的だな」

ケインの声に、Ｈ３は答えない。もとからこちらの音声は聞こえていない。

「いつもこの時間はドラマを見てるのに。今日は運動が先の気分か？」

Ｈ３が腕立てをやめ、床の上に座り込む。Ｈ３に声をかけるようになったのは、先週からだ。返事はなくても、声を出している方が退屈も紛れる。これはいいかもしれないと、勤務中はことあるごとに声をかけている。返事のない壁打ち状態の独り言。外から見たら不気味に思われるかもしれないが、ここにいるのは自分と独房の中のＨ３だけ。そのＨ３も見ていない、聞いていないのだから誰にも迷惑はかけていないと開き直った。

執務室に戻ると、モニターにメッセージが入っていた。ドラマの続編の視聴希望。メッセージが届いたのは、昨日の午後七時。見間違いかと二度見したが、間違いなく昨日だ。

ニライが対応しないまま帰ったのだ。おそらく配信されているドラマを見終わって、続きを申請したのに視聴できず、他にすることがなくて仕方がないからＨ３は運動をしていたのだ。

Ｈ３の娯楽は恋愛小説とドラマだけなのに、これは酷い。ニライ的には「夜は動画なんて見てないで眠れ」というつもりだったのかもしれないが、時間の使い方はＨ３の自由だ。

急いでドラマの続編を視聴可能にする。Ｈ３は壁面モニターの青い点灯に気づいた。

「遅くなって悪かったな。お前のお待ちかねのドラマだぞ」

すぐに見始めるかと思ったが、Ｈ３は運動を継続する。今日は後から視聴すると決めたんだろう。それから三十分ほど運動し、ようやくＨ３はシャワールームに移動した。

『あっ、あっ……んんっ』

壮絶にエロい声が聞こえてきて、心臓がバクンと跳ねた。執務室中にＨ３の喘ぎが響き渡り、慌てて音声をオフにする。あんな声で自慰をしていたのかと思うと、こっちの方が恥ずかしくなってきて、顔が熱くなる。十五分ほどでそれは終わりＨ３がバスルームを出たので、音声を再びオンにした。

Ｈ３は寝室に入り、ベッドで横になる。ケインは近くまでゆき、透明の壁越しに寝姿を見下ろした。

「オナニーは夜、ベッドの中を俺は推奨するね」

Ｈ３は小さく欠伸をする。

「全部、丸見えだからさ」

赤毛の尻尾が、くるんと丸まる。母親の恋人だった、優しかった男の尻尾を思い出す。

「お前、綺麗な体をしてるよな。って、お前の体じゃなくて他人の体か。今はヨシュア・ハマスに寄生してるんだもんな」

Ｈ３が犬耳をカリカリと掻いている。

「他人の体を奪って生きていくって、どんな気分なんだ？　良心の呵責みたいなものはあるのか？」

『……ドラマの視聴申請、反応が早い時と遅い時って何が違うんだろう』

こちらの声は聞こえていないので、Ｈ３の独り言とケインの会話は基本、嚙み合わない。

「それはさ、夜勤のニライが手続きサボったんだよ。ごめんな」

『担当者が何人かいるのかな？』

「それ、正解」

会話を嚙み合わせてみる。馬鹿らしいが、まあまあ楽しめる。Ｈ３が寝室の壁に触れると、そこにカレンダーが表示された。けれどそのカレンダーは実際よりも二ヵ月遅れている。今は十二月だが、Ｈ３の見ているカレンダーはまだ十月だ。

寄生した肉体が三十歳に近づいてきて、排出される＝死を覚悟した寄生体が、自暴自棄になって肉体を傷つけられないようにするためだ。Ｈ３は、排出まであと二ヵ月あると思っている段階で、不意に排出されて終わりを迎えることになる。予防策を考えた人間は知恵が働くが、寄生体にとっては覚悟もできないままの残酷な終わりになる。

『昼ごはん、何かな？』

Ｈ３の食事は栄養バランスは完璧でも見栄えは考慮されていないので、ケインからすると、ちっとも美味しそうには見えない。それでも楽しみにしているらしい。

『サーモンが出たら嫌だな。あれ、アレルギーがあるから食べられない』

先週、サーモンのサンドイッチを残していたのは覚えている。残すこと自体が珍しかったので嫌いなのかと思っていたがアレルギーとは知らなかった。早速食堂部に連絡を入れて、Ｈ３はサーモンにアレルギーがあるので、別の食材に変更してほしいと申し入れた。

「安心しろ、Ｈ３。これから食事にサーモンは出ないからな。他に何か気になってることはないか？　今喋ったら、対応してやるぞ」

『ミル貝はよく出るけど、嫌いなんだよな』

「好き嫌いは無理だな。却下」

Ｈ３がケインに背中を向ける。偶然だろうが、それが拗ねた仕草に見えて、つい笑ってしまった。白くてしなやかなＨ３の背中を見ているうちに、肩の下が赤くなっていることに気づいた。転んでぶつけたのかと思ったが、引っ掻いたような爪の跡がある。そうしているうちにＨ３が背中に右手を伸ばし、ボリボリと赤くなっている皮膚を掻いた。

『痒いなぁ』

Ｈ３が呟く。ケインは執務室に戻り、監視カメラをズームしてＨ３の背中を撮影し、医療申請をおこなった。三十分ほどで診断がくだされ、三日分の軟膏(なんこう)が出る。それを食事と一緒にH3に提供するよう中央管理室に依頼した。

食事の時間になる。H3は油紙に包まれた一回分の軟膏の存在にすぐ気づいた。食事と間違われるといけないので、油紙に「背中の痒みに塗布(とふ)」と書いてもらった。軟膏を手に、H3はキョロキョロと部屋中を見渡している。

『希望してないのに、薬がきた……凄(すご)い。こんなこと初めてだ。どこで見てたんだろう』

痒かったのか、H3はすぐにその薬を背中に塗った。塗ったあとも、やたらと周囲をきょろきょろと見渡している。

『どこに監視カメラがあるのか、わからないんだよなあ』

呟くH3の背後に、ケインは立っている。そのシチュエーションはちょっと面白い。

『薬をありがとう、ベイビー』

あらぬ方向に向かって礼を言うH3に、思わずブッと吹き出した。

「ベイビーって何だよ、ベイビーって」

H3の赤い尻尾はその日一日中、浮かれたようにフルフルと左右によく揺れていた。

ケインが日勤の一週間を終え、夜勤に変わった次の日だった。日勤の記録を見ていると、備考欄にニライの記述があった。ニライがチェック以外で何か記録しているのを見るのは初めてだ。そこには「H3の独語様の口の動きが増え、音声を聞いたところ、脳内で架空の人物を作り出し会話をしていた。長期収容の精神的な影響が考えられるが、自傷行為は見られないので様子観察」と書かれてありギョッとした。

音声はオフにしてあったので、すぐさまオンにしてみる。

『ベイビー、今日の晩ご飯はなにかな?』

H3は自分に、刑務官に向かって話しかけているが、それがニライにはわかっていない。H3も、自分のいる時に話せばいいのに、交代制だと知らない。

『爪がのびちゃったから、そろそろ爪やすりが欲しいよ』

そういえば支給の時期だ。囚人の身繕いの道具の支給は、刑務官の裁量に任されている。手配すれば、朝、昼、夜の食事の時に届けられる。今なら間に合う。ケインは夕食の配膳の際に紙やすりを入れるよう手配した。ギリギリ間に合い、夕食に爪を整える紙やすりが入る。それを見たH3は『ありがとう、ベイビー』と天井を見上げて礼を言った。

『ベイビー、僕の声は聞こえているよね。だってパネルに入力しなくても、ちゃんと欲しい物が届けられたもの』

「お前さ、喋るのはいいけど、程々にしないか？　独り言が多いから、精神的に病んじゃったんじゃないかって記録に書かれたぞ。欲しい物はちゃんと入力しろよ」

『僕、ずっと考えてたんだけど、昼と夜でベイビーは交代しているのかな？　今はベイビー、君だよね。だって昼間は、僕が何を言っても欲しい物は届けられなかったから。普通に考えたら、交代して当たり前だよね。一日中、僕のことを見てたら疲れるだろうし、ベイビーにも休憩が必要だよね』

交代制なのは秘密なのに、知られた。色々と先回りして便宜を図りすぎた。しまったなと思ったが、よくよく考えたら、知られても大した影響はない。交代制と知っても、H3は何もできない。あの独房からは出られない。

言うことを聞いてくれる刑務官がいると知り、H3の要求がエスカレートしたところで、自分が応じなければよいだけだし、もとから認められている以上のことはしていない。声を聞いて、欲しい物を……それが与えていいものなら、すぐに与える。その程度だ。交代制でベイビーのいない時間があるとわかれば、ニライの勤務時間帯に独り言は減るだろうから、かえっていいかもしれない。

『ベイビー、ここは退屈だよ』

H3は天井に向かって喋っている。

『君とお喋りしたいな、ベイビー』

「喋ってるよ。一方的だけどな」

『君はどんな子なのかな？　女性、それとも男性かな？　年はどれぐらい？　僕よりも年下、それともうんと年上かな?』

「お前より、四つ下だよ」

『ヒントが欲しいなあ。でも君の姿を想像するのも楽しいんだ。けどね一つだけわかってるんだよ。君はとても優しい。優しい人だ』

不意打ちで、胸がキリッと痛くなる。

『君の優しさに僕は今、とても癒されているんだ』

「何が癒されるだよ。好みのタイプだし、ちょっと同情してるだけだ」

……同情しているのは、何に対してだろう。精神を乗っ取られてしまった元大統領の庶子、ヨシュア・ハマスか? それともあと数ヵ月もしないうちに消滅する、ビルア種の人生を食い物にして生きてきた寄生体のOか?

『君のことが知りたいよ、ベイビー。画像は無理だと思うから、似顔絵でもいいので届けてくれないかな』

「そんなの無理に決まってんだろ」

否定しながらも、天井に向かって切なげに語りかけるH3の姿から目を離せなくなっていた。

囚人に与えられるドラマの動画は、施設側が選んでいる。H3は反抗的な思想を助長すると思われる戦闘物、事件物がＮＧで、許可されているのは恋愛ドラマだけ。恋愛ドラマであれば、その中に多少の事件シーンがあっても許される。全てを排除すると、見るものがなくなってしまうからだ。

恋愛ドラマは世界中の地域で作られていて、無数に種類がある。これまで人種、地域を選ばずＨ３に与えていたが、ケインは膨大なドラマの中から、金髪の女性が主人公のドラマを捜し、それをＨ３に配信した。

そのドラマシリーズをＨ３は一週間ほどで見終わった。そして次も金髪の女性が主人公のドラマにした。それは長いシリーズで、Ｈ３は見終わるのに二週間ほどかかった。そして次のドラマでも金髪の主人公の話にしてみた。

一月の終わり、寒さが最も厳しくなった頃だった。日勤のケインが出勤すると、ドラマの視聴申請が来ていたので、すぐに続きの配信を手配した。房内にあるパネルのライトが、青く点灯する。

『おはよう、ベイビー』

ケインが挨拶するよりも先に、Ｈ３が声をかけてくる。九時を過ぎてすぐ「配信手配」をするのは『ベイビー』だとＨ３はもう把握している。そして日勤、夜勤があり、その勤務時間は日勤が午前九時から午後五時まで、夜勤が午後五時から翌朝の午前九時までのこと、そして一週間でベイビーは夜勤と日勤を交代していることも。それをＨ３が把握したことで、ニライの勤務の備考欄から「架空の人物との会話」という記述は消えた。

「おはよう、H3。今日は外がメチャクチャ寒いぞ。雪が膝丈ぐらい積もってる」

年中常春のH3に実感はないとわかっていても、何となく外のことも話してみたくなる。

『ベイビー、聞いて。間抜けな僕は今日気づいたんだけど、君って金髪なんじゃないのかい』

「やっとわかったか」

ケインはパネルの前に立っているH3の前にゆく。向かい合わせの形で、視線が合う。見えていないけれど、合っている。

「金髪が主人公のドラマ、捜すのが大変だったんだぞ」

『今月は金髪が主人公のドラマが多いなって思ってたんだ。金髪って憧れだったんだよ。僕は赤毛だから余計に、お日様の下でキラキラする金色の髪って、天使みたいで素敵だなって。だからベイビーが金髪かもしれないってわかって、大興奮だよ』

H3の頬は少し紅潮している。自分の髪の色よりも、H3の琥珀色の瞳の方が何倍も綺麗だ。

『三人の主人公の共通点は金髪だったけど、目の色は緑、青、灰色ってみんな違ってた。君がくれたヒントで、金髪っていうのを僕は当てたよ。ご褒美に、次は君の瞳の色が知りたいな。次のドラマは、君と同じ瞳の色の主人公にしてくれないかな』

胸がざわりとする。この要望を、自分はのんでもいいんだろうか。

『ひとつひとつ、君のことを教えて欲しいよ、ベイビー』

真剣にケインを見ていたその目が、フッと逸らされた。H3に自分は見えていないのだから、その仕草には何も意味はない筈なのに、そっけなくされたようで胸がチクリとする。勝手に傷ついている。

「……ばからしい」

こちらの声は聞こえてない筈なのに、H3の目が伏せられる。

『もしかして君は笑ってるのかな、ベイビー。金髪なんてそんなの偶然だよ、金髪じゃないよって。けどね、いいんだ。僕はここで、何もすることがない。何もできない。何も望まれていないいんだ。知ってると思うけど、ここには紙もペンもない。僕の脳は、何も考えないことを求められている。それでも、君のことを考えている時、僕はたまらなく幸せな気持ちになるんだ。なぜだかわかるかい？』

「わかるわけないだろ」

『君がね、僕のことを気にかけてくれているからだよ。ありがとう、ベイビー』

H3が壁に両手をつき、小さく息をついた。ケインもH3の手の位置に自分の両手を置いてみる。二人の間には、頭一つ分はありそうな透明で厚い壁。H3は、感謝をする相手がこんな近くにいるとは知らない。

『どうしようベイビー』

H3が美しい顔を赤らめ、綺麗な形の唇をきゅっと噛みしめるのが間近で見えた。

『僕は君のことを愛してしまいそうだよ、ベイビー。いやもう愛しているかもしれない』

赤毛の尻尾がプルプルと小さく震え、恥じらうように背中でくるりと丸まる。ケインはじりじりと後ずさり、執務室に戻った。全身が火照(ほて)り、額に汗が浮かんでいる。

『どうしよう、ベイビー。僕は胸が苦しい』

Ｈ３は胸に手をあて、切なげにため息をついた。


次にＨ３に提供する動画をどうするか、ケインは悩んだ。今のシリーズは、この視聴ペースだと明後日(あさって)には終わってしまう。そこで自分の瞳の色と同じ登場人物の動画を配信するか、それとも全く別のものにするか。

警備という点で見れば、Ｈ３の要望など無視した方がいい。ただ実際は、刑務官の髪の色、目の色を教えたからといって、何がどうなるわけでもない。ここから出ることも、自分の顔を見ることもなく、あと四ヵ月もせぬうちにＨ３はその肉体からはじき出され、消滅する。

限りある、未来のない存在。そう思うと、寄生体とはいえＨ３の些細(ささい)な要望を聞いてやりたい気もしてくる。囚人と看守(かんしゅ)という関係であっても、実際に言葉をかわすことはなくても、毎日のように見てやり取りをしていれば、それなりの情も湧く。

人を乗っ取り生きてきた寄生体でも心はある。逆に言うと、心しかない。担当刑務官の容姿の輪郭を知ることで、H3が残り少ない時間を楽しめるなら……そう結論を出し、ひとまず瞳の色は教えようと決めた。

けれど決断した翌日、風邪を引いた。季節柄、署内では風邪が流行っていて休んでいる職員がちらほら、博三もシュンシュンと行儀悪く洟をすすっていた。前の晩、少し喉が痛いな、博三のをもらったかなと気になる程度だったのが、翌朝には酷く咳き込むようになり、頭がくらくらしてなかなかベッドから起き上がれなかった。

常備していた市販薬を飲んでも効く気配がなく、医療機関を受診してから出勤すると職場に連絡を入れる。診断は風邪だったものの、動き回っている間にどんどん熱が高くなり、医師に「仕事は休んでください」と診断書を書かれ、早々に職場に送付された。そして病院で会計を待っている間に、職場から「三日間の病気休暇を与える」という連絡がフォーンに届いた。

病院の前には、無人のエアタクシーが数台客待ちをしていた。そのうちの一台に乗り込む。無人は有人よりも少し時間がかかるが、風邪を人に移す心配がないのでその分気は楽だ。

帰り道、目の前に色とりどりのエアカーが連なる様をぼんやりと眺めながら考える。従来の視聴ペースなら明日から新しい動画を配信する予定だ。だけど仕事に行けないので、もしH3が視聴申請をしたなら、自分の代理の職員が新しい動画の配信を手配するだろう。そのドラマの主人公がフレッシュグリーンの瞳という可能性は低い。緑の瞳の役者は少なくて、探し出すのにとても苦労したのだ。

これはかりはどうしようもない。きっと神様が「教えるな」と言っているに違いない。そう自分に言い聞かせつつフォーンを取り出す。職場に連絡して、用意してあった動画のタイトルを代理の職員に伝えようか。会話はほんの数秒で終わるだろうし、H3の希望も叶えられる……。

フォーンを握りしめ逡巡している間に、アパート前まで帰り着く。そこでようやく、自分がおかしいと気づいた。連絡すれば、代理の職員は首を傾げるだろう。動画など、過去に見たタイトルでなければ、囚人が暇を潰せれば何でもいいのに、なぜこだわるんだろうと。

また熱が上がってきたのか、体がだるい。歩くための一歩ですら、空気の重量が三倍になったように感じて疲れる。アパートの部屋に入り、上着を椅子の上に放り投げ、水だけベッドサイドに一本置いて服のままベッドの中に潜り込んだ。風邪は基本、寝てればなおる。薬を飲めば、なおりが少しだけ早くなる……。

うとうとするものの、眠りは浅くてたびたび目がさめる。昼頃に『風邪で休んでるって聞いたぞ。大丈夫か？』と博三からメッセージが届いた。昨日は自分よりも博三の方が具合が悪そうだったのに、そこまで酷くはならなかったらしい。『欲しいものがあったら、仕事の帰りに何か持って行こうか』とも続けて送られてくる。もしかして風邪を移したと思い罪悪感に駆られているんだろうか。申し出はありがたかったものの『大したことないし、大丈夫』と断った。

すぐに食べられそうな食料の買い置きもないし、本音では何か欲しかったけれど頼めなかった。いつも一緒につるんでいて、いくらでも軽口はたたけるのに、弱った時に助けを求めるのはどこか気が引ける。そういうキャラクターでもないし、いつもと違う、普段の自分の姿を見せるのも嫌だ。弱っている時に、都市部の人間への擬態は疲れる。それにこういう時に助けを求めてしまったら、きっと次も期待する。そうやってどんどん人に甘えていってしまうのが少し恐い。

ベッドで横になる。ホープタウンにいた頃も、熱が出た時は苦しい時間が過ぎるのをただじっと待っていた。

眠れなくても、退屈でも、タブレットや動画を見る気になれない。だから赤い髪に赤い尻尾のH3のことを考える。だらしなくエアチェアに座る姿、姿勢正しく食事をする姿、バスルームで……思い出すだけで熱が更に上がってくる気配に、煩悩を封じ込めて両手で額を覆った。

ベッドの中でうつらうつらしている間に、夢を見た。昔の夢だ。自分は十歳ぐらいで、娼館の控え室の隅で学校の宿題をしていた。客を帰した母親が「あ〜疲れた〜」と部屋に入ってくる。「勉強なんかして何が面白いの〜」と子どもに抱きつく。甘い香水と、汗と、男の匂いが混ざった香り。胸がムカムカして「俺に触るなよ！」と邪険に振り払う。母親は「何よう、私のお腹から出てきた子なのに、ちっともかわいくなぁい」と拗ねた顔をして……。

インターフォンと連動させていた、来客を示す「ポロン」という電子音がフォーンから流れてくる。気づけば辺りは暗く、時計の時刻は午後七時過ぎ。この時間だと……仕事帰りの博三が様子を見に来たのかもしれない。正直、起き上がるのも面倒だが、居留守を使うこともできない。ノロノロと起き上がって玄関までゆき、そこではじめてモニターを見た。博三じゃない。黒い髪がふわふわと揺れている。

ドアを開けると、美和(みわ)は「急におしかけてごめんね」と謝った。

「この近くに姉さんが住んでて、仕事帰りにこっちに来る用があったの。そういえばケインが風邪で休んでるって聞いてたから、様子はどうかなと思って」

美和の頬は強(こわ)ばっている上に、いつにも増して早口だ。

「あ、うん……」

「顔赤いね。具合悪そうなのに、ごめん。差し入れを買ってきたから、これだけ冷蔵庫にいれたらすぐ帰るわ。中、入ってもいいかな？」

どうして博三ではなく美和がと思いつつも、差し入れは正直ありがたい。

「……どうぞ」

一歩後ずさる。美和と共にドアの隙間から冷たい空気が入ってくる。鼻がむずむずして、俯(うつむ)いたまま大きなくしゃみをした。その衝撃で目眩(めまい)がして足がよろける。倒れそうになり、慌てて壁に凭(もた)れかかった。

「ちょっと、大丈夫？」

美和が近寄ってきて、グッと肩を支えてくれた。ふわりとした髪の感触、柔らかい腕の質感……母親に似た……何かを考える前に、自分に触れる指を乱暴に振り払っていた。

「きゃっ」

美和が後ずさり、手にしていた袋が廊下にドタッと落ちる。

「あ、ごめん。何か気持ち悪くて……」

ふうっと息をつき顔を上げると、美和が大きく目を見開いていた。唇が震えている。その瞬間、しまったと気づいた。

「気分が悪くて……その、人の匂いとかダメで、ごめん」

「いいの。気にしないで」

落ちた袋を拾い上げ、美和はずかずかと大きな足音をたてて部屋の奥に入ってきた。冷蔵庫の前に屈(かが)み込み、扉を開ける。

「この冷蔵庫、何も入ってないじゃない」

文句を言う声は不自然に明るい。そして袋の中身をどんどん突っ込んでいく。

「自分で作らないから……」

「確かに、料理をしない人の冷蔵庫だわ」

虚勢を張っている。さっきの態度に傷ついている、それを隠しきれていない美和の後ろ姿が、見ていて痛々しくなってくる。

「あぁ、落としたから林檎(りんご)が潰れちゃってる。仕方ないな」

右手に握った林檎に向かって呟く美和に、思わず「ごめん」と謝っていた。「別に謝らなくていいわよ」と返事をするも、こちらを見ようとしない。

「美和のせいじゃないんだ。俺が……」

「もういい。それ以上言わないで」

パシリと言葉を遮断し、すっくと立ちあがる。黒い大きな瞳には涙が滲(にじ)んでいて、胸がギリッと痛くなった。

「これだけあればしばらく大丈夫でしょ。私、もう来ないから」

踵(きびす)を返し、ドアに向かっていく細身の背中。それを追いかけようと踏み出したところで、地面がぐらりと揺らいだ。いや、揺らいだのは自分の体で、ドッとその場に倒れ込む。衝撃と鈍(にぶ)い痛みがズシンと全身に伝わってくる。

「えっ、ちょっと」

引き返してくる足音。傍で両膝をつく。右手がこわごわと近付いてきて「触れてもいい?」と小さな声で聞いてくる。

「だ……いじょぶ」

何とか上半身を起こし、俯く。美和の顔を見られなかった。

「……美和のせいじゃない。もとから……その……俺は女の人がダメで……」

口にした直後、後悔した。勘の良い美和は、その一言で自分が同性愛者だと気づいたに違いない。言わなければよかったと、なぜ今このタイミングで告白したんだと、急に息が苦しくなる。

「……博三とアリには、言わないでほしい」

保身にまわる自分はみっともない。そんな男に「一人で立てる？」と声がかかる。試してみると、何とか立てた。そのままヨロヨロとベッドに戻る。こんな情けない男に見切りをつけ、サッサと帰るかと思ったのに、美和はベッドサイドに立ち尽くしている。

「今日、何か食べた？」

首を横に振ると、美和は寝室を出て行った。キッチンのほうでカタカタと音がして、人の気配を感じつつ少し眠り、いい匂いで目がさめた。

「起きた？」

黒い瞳が、顔をのぞき込んでくる。

「薬もあるなら、少しでもいいから食べておきなさいよ」

スープを差し出される。腹は空いてないと思っていたのに、口にいれると、ミルク風味の優しい味がふわっと広がった。とても美味しい。もう一口……とスプーンを動かしているうちに、皿の半分ほどを平らげていた。視線を感じて振り返ると、美和が椅子に腰かけてじっとこちらを見ていた。

「アリと博三、どっちが好きなの？」

唐突に聞かれる。スープを飲んでいる時でなくてよかった。もしそうだったら、まず間違いなく吹き出していた。

「二人は友達だよ」

腰に手をあて「やっぱりね」と美和は浅く頷く。

「そう思ってるなら、どうして聞くんだよ」

「何となく、確認的な」

美和は悪だくみをする子どものような目でふふっと笑った。

「好きな人はいるの？」

最初に浮かんだのは、自分が監視している赤毛のビルア種の男。慌てて脳内から打ち消した。

「……いない」

美和は「ふうん」と相槌を打って、それ以上は聞いてこなかった。スープを食べ終わると、薬を飲むように促され、飲んでいる間に皿を下げてくれる。気が強く、それでいて優しい。一緒に研修をしている時からそうだったなと思い出していると、美和が寝室に戻ってきた。

「そろそろ帰るわ」

「……ありがとう」

「いいのよ。好きな男が弱ってる姿って、セクシーだった」

「ごめん」

思わず口から飛び出した。美和はじっと見つめてきて、そして切なげに目を伏せた。

「出会った最初の頃、ケインは私のことが好きなのかと思ってた」

その後に「何となく」と付け足される。

「……好きになれたらと思ってた」

「やっぱり……この野郎！」

ベッドの上にあったクッションで軽く腰を叩かれる。痛くはない。手加減されているのがわかる。

「悪かったから、やめろって」

熱で頭がぼんやりしているのにちょっと騒いで、疲れて、気を失うようにして眠っていた。目が覚めると夜中の一時で、ベッドサイドの灯り（あかり）が光量を絞った暗いオレンジ色にぼんやりと光っていた。

サイドテーブルの上には、グラスいっぱいまで満たされた水とメモがあった。そこには冷蔵庫の中に残りのスープとカットしたフルーツが置いてあると、美和らしいきっちりした文字で書かれてあった。

受診した翌日も熱があり、だるさに全身を支配されてベッドでグズグズしていた。三日目の朝にようやく熱が下がり始め、四日目には平熱まで戻り咳も出なくなったので出勤した。医者の見立てどおりだったということだ。

美和からは毎日メッセージが届いた。好きな男に恋愛対象が同性だと打ち明けられたことを受け入れ、美和自身も告白して気持ちに区切りがつけられたのか、自分のことを「異性」から「友達」へと完全に切り替えられたように感じた。もとから知りあい以上、友達未満でそれほど踏み込んだ関係でもなかったが、恋愛の可能性が排除された今の方が気持ちの距離は近付いている。

自分としても初めて性癖を打ち明け、そして受け入れてもらった相手として、美和は少し特別な存在になった。

病気休暇は正当な権利だとしても、やっぱり休んで誰かに迷惑をかけてしまったことが後ろめたくてこそこそと更衣室に入ると、着替えを終えたアリと遭遇した。

「お前、風邪はもう大丈夫なのか?」

心配そうに近付いてくる。博三から1回、アリからも2回、体調を気遣うメッセージが来ていた。『大丈夫』『よくなっている』と返信はしたものの、そっけなかったという自覚はある。ケインは「それがさ……」とわざと深刻な表情を作り、スッと俯いた。

「えっ、どうした?」

アリが腕を摑んでくる。そのタイミングで顔を上げ、にやっと笑って見せる。

「全快！」

騙されたと知ったアリは「こいつ！」とケインの肩を軽く叩き、そして「ほんとよかったわ」とホッと息をついた。

「お前、一人暮らしだろ。見舞いもいらないって言うけど、大丈夫かなって博三も心配してたぞ」

いつも軽いノリで集まっている。深刻なシーンは敬遠されるのではないかと思っていたけれど、アリの表情に、言葉に、上っ面だけではない情を感じる。

「心配かけたな。俺、弱ってる時は基本、一人で寝てたいタイプだからさ」

素直に頼れなかったし、今も理由をつけて言い訳しているが、気に掛けてもらえるのは嬉しい。せっかくだし博三の顔も見ていこうとアリと無駄話をしながらギリギリまで更衣室でねばっていたのに、姿をあらわさない。話をするのは昼でもいいかと、更衣室を出てH一桁台専用のエレベーターに乗った。

いい時間なので、他の房の刑務官も同乗してくる。いつも7で降りるので、H7の刑務官だろう。独房のエレベーターは、最下層がH1で、上の階に行くに従って数字が大きくなる。エレベーターの動きはゆっくりしているので距離が長く感じるが、H3のいるような独房が縦に並んでいると考えたら、それほど深い場所ではないのかもしれない。

不具合でエレベーターが使えなくなった時のために、非常用の階段もある。独房の施設の設備にも一通り目を通したので、非常階段が執務室の向かい側にあるのは知っていた。普通の壁としか思えない場所、ちょうど目の高さの辺りに小さな凹みがあり、そこに触れると、手動でスッとドアが開く。ちらりと覗いてみたが、円筒形のスペースにらせん階段が遙か遠くまで続いていて、勤務中にこれを上る機会がありませんようにと願いながら、そっとドアを閉じた。

博三を待っていたせいで、始業五分前というギリギリの時間に監視エリアに入る。廊下を歩きながら、Ｈ３がベッドの中にいるのは確認した。この時間にはいつも起きているので、遅くまで動画を見て夜更かししたのかもしれない。

「Ｈ３だが……」

いつも「じゃ」と一言だけ、ろくに申し送りをしたことがないニライが口を開いた。

「昨日の夜から発熱している。内服薬が日に三回、食後に処方された」

全身がスッと冷たくなる。

「ぐっ、具合が悪かったんですか？」

「血液検査の結果、風邪だそうだ」

「俺、あの……風邪で休んでいたんですけど、もしかして感染させてしまったのでは……」

ニライは人を小馬鹿にした目でフッと笑った。

「こちらの監視エリアと一切の行き来がない上に、空調も別ルートだ。感染するわけないだろう。食堂部に風邪の人間が出たという話だから、食事にウイルスが付着していた可能性が高いそうだ。食事は提供される前に毒物・細菌検査を受けるが、そちらの基準はクリアしていた。何年も無菌室みたいな場所で暮らしているから、抵抗力がなくて検査では問題ないレベルのウイルスにやられたのかもしれないということだ」

慌てて振り返る。顔だけ出して寝ているH３の耳はくったりと垂れ下がり、体はピクリとも動かない。

「あの、病院に連れて行かなくても大丈夫ですか？」

ニライは軽く顎を杓った。

「囚人の風邪程度で狼狽えるな。血液検査、モニター越しに医師の診察を受けての判断だ。安静にしていれば二、三日でよくなるとの見通しだ。……お前と同じだな」

食後の服薬の確認が追加されただけで、監視内容に変わりはない。ニライが帰ってから、すぐさま音声モニターをオンにしてベッドサイドに駆け寄った。H３は熱があるのか頬が赤く、ハアハアと浅い呼吸を繰り返している。くったりとうなだれた大きな赤い犬耳が、ピクピクと震えている。

「おい、大丈夫か？」

声をかけても、返事はない。独房の壁に両手をあてる。

「三日休んでたから、お前がこんなことになっているなんて知らなかったんだよ。何か欲しい物はないか？」

Ｈ３が口元に手をあて、ゴホンゴホンと大きく咳き込み、苦しそうに両目をぎゅっと瞑った。そんな姿を見ているだけで可哀想で、何ができることがないか……気が焦る。

「モニターに入力しなくていいから、食べられそうな物があれば口で言え。この時間ならまだ昼食に間に合うから。何でもいいぞ。『病気療養』ってことで、俺が通してやるから」

ゴホンゴホンと続けて咳をしたあと、Ｈ３はベッドサイドに手を伸ばした。そこにはソフトケースに入った水がある。一日三本と決まっていて、食事毎に提供される。Ｈ３がどれだけ吸い上げても水は出てこない。朝の分を飲み干してしまったのか、ソフトケースは空だ。慌てて執務室に戻り、昼食につくソフトケースの水を２本「風邪症状があり、脱水予防のため」と追加した。

ずっと寝ていたＨ３に動きがあった。ノロノロと体を起こし、全裸では寒いのか、シーツを体にグルグルに巻き付けたまま寝室を出る。ケインは手元の装置で房内の室温を２度だけ上げる。トイレかと思ったが、Ｈ３はリビングにゆくと、エアチェアで横になった。そして動画の視聴を開始する。

具合は悪そうだが、退屈なんだろう。流れているのはケインの知らない、新しいタイトルのドラマシリーズ。自分が休んでいる間に担当した刑務官が選んだものだ。４話目だし、流されてるドラマを執務室のモニターで見ても、どういうストーリーなのか今ひとつわからないが、主人公は茶色の髪、青い瞳でそばかすのある元気で明るい女性だった。

H3の表情は、心ここにあらずといった風にぼんやりとしている。ドラマを見ている時は、耳をピンと尖らせたり、尻尾をパタパタと振ったりと感情がよく見えるが、今はそのどちらもくったりと垂れ下がっている。

『ベイビー』

H3の呟きに、執務室の椅子から勢いよく立ちあがっていた。

『……喉が痛い。苦しいよぅ』

H3の琥珀色の瞳が溶け出すように、ポロポロと涙が溢れてくる。それにゴホンゴホンと咳が続く。

『頭もちょっと痛い。咳もとまらない。もしかして僕、このまま死んじゃうんじゃないかな』

急いでH3の服薬している薬を調べた。鎮痛、解熱とあるものの、咳止めの成分はない。咳をしているH3の動画を撮り「咳止め薬」を医療申請した。

『ベイビー、今日も君じゃないの？』

心臓がザワッとする。言葉をかわすわけでもないのに、ここ3日がベイビーでないことに、H3は気づいている。

『もう君は僕を見ていないの？　どこかへ行ってしまったの？』

H3はボロボロと泣きながら、動画の主人公に語りかけている。

『金髪で、青い瞳の……僕のベイビー』

今日から仕事に復帰した。ちゃんと見ている。見ているのに……伝えられない。教えてやれない。動画を見ながら泣いているH3に、伝えられないもどかしさで足踏みする。昼になれば、新しい薬や水が届いてベイビーだと気づくだろうか。それまであと二時間半近く、自分はこんな風に悲しそうに泣いているH3をずっと見せつけられないといけないんだろうか。

H3の動画申請は、昨日の朝からされていない。具合が悪くなり、見る元気もなかったのだろう。ケインはH3の見ていた動画視聴を勝手にオフにした。いきなり切れたモニターに『えっ？　どうして？　どうしてなの？』とH3は混乱している。

『こんな時に、モニターの不具合なの……』

今のシリーズを削除して、自分が見つけていた「フレッシュグリーンの瞳」の役者が主人公の動画を視聴可能にする。独房の壁面に「ランプ」がつく。

『あっ、よかった。直ったみたい』

H3は視聴を開始した途端『あれっ？』と首を傾げた。

『さっきと違う……』

H3は頭を掻き『何がどうなってるの？』『おかしくなってるの？』と呟き込みながら2回繰り返した。

『見ている途中でドラマのシリーズを打ち切られることなんて、これまで一度もなかったのに……何か僕に見せちゃいけないシーンでもあったのかな？』

ぶつぶつと呟きながら、H3は新しいドラマを見始めた。ちょっとしたトラブルで気持ちが変化したのか、もう涙は出ていない。青い瞳の主人公に自分を投影して泣かれるのは見ている方も辛かったので、ひとまずホッと胸をなで下ろす。

H3は動画を見ながらうとうとし、起きると慌てて前のシーンに戻り、そんなことを繰り返していた。昼になり、寝室へ移動するようアナウンスがある。H3はノロノロと寝室へと向かった。

食事が用意されたとアナウンスがあっても、ベッドで横になったままなかなか動き出さない。

「おい、もう準備できてるぞ。食べないのか？」

寝室の側までゆき、話しかける。食べなかったからといってすぐに食事が下げられるわけではないが、冷めてしまう。H3は食事なんてどうでもいいとばかりに、エアブックを読み始める。

「食欲がないかもしれないけど、少しぐらい食っておかないと身がもたないぞ。それに薬も飲まないといけないだろ」

健康を損ねる、命に関わるという判断がされない限り、一度や二度、食事を残す、食べないという行為は許されている。けれどせっかく水や咳止めを準備したのだから、早く気づいて欲しい。

「……これは嫌がらせじゃないからな」

聞こえないH3に謝ってから、手許の端末でエアブックの配信をこちらから一方的に終了させた。エアブックにエラーの表示が出て、文字が消える。

『えっ、こっちもおかしくなっちゃったの……』

H3は手元の操作パネルに触れていたが、どうやってもつかないとわかると諦めたのか突っ伏し、そのまま寝始めた。食事を食べさせることもできず、配信を止めたのが単なる嫌がらせになってしまった。どうしよう、見られるようにしようかと迷っているうちに、ようやくH3が動きだした。食事が待っているリビングに向かう。

「そうそう、食事は少しでもいいから、薬は飲むんだぞ」

H3の隣を歩きながら、励ましの声をかける。H3はまず、テーブルに用意されている二本の水に気づいた。そして咳止めの薬を手に取り「新しいのが出てる」と呟く。焦点の定まらない琥珀色の瞳がクワッと大きく見開かれ、赤毛の犬耳がピンと立った。

『ベイビーなの？　今、君がいるの？』

H3は周囲を、そして天井を見上げる。尻尾を振りながら、テーブルの周囲をぐるぐると三周した。

『昨日は君じゃなかったよね？　僕の声が聞こえてる？　ベイビー』

「聞こえてるよ」

壁を挟んで、歩いて三歩ぐらいの距離にいる。

『風邪をひいたみたいで苦しいんだよ、ベイビー』

「俺も風邪で三日、休んでたんだ。お前も数日でよくなりそうだから、ちゃんと食べてゆっくり寝てろ」

自分だとわかったからだろうか、午前中は無気力で切なげに泣いていたH3が、打って変わってニコニコしている。赤い尻尾がふわふわと揺れて止まらない。

『僕が見てた動画、変えたのはベイビーなんだね。急にどうしたの？　今までこんなことなかったのに』

「それはな、瞳の色が違うからだ」

H3は『うーん』と考え込むような素振りをみせながらも、食事を始める。どうしても食欲はないのか半分は残したが、風邪薬と咳止めはきっちりと飲んだ。

食事を終えると、H3は寝室に戻った。ベッドに入っているものの、寝ている様子はない。

『……もしかして僕が先に見てたドラマは、ベイビーが選んだ動画じゃなかったのかな』

「そうだよ」

しゃがみ込み、透明な壁越しにH3と目を合わせる。

『三日ぐらい前から、担当がベイビーじゃない気がしてたんだ。動画視聴の申請をしても反応が遅かったし、『喉が痛いんだよ』って何回言っても、ずっと放っておかれた。咳が出始めてから、やっと薬がくるようになったけど』

そんなことがあったなんて知らなかった。もし自分だったら、最初の段階ですぐに医療申請をしている。

『自分の用意していた動画じゃないから、変えたのは……あぁ、わかった！　瞳だ。瞳の色だ。青じゃないのかな。今日はじまったドラマの主人公はとても綺麗な緑の瞳だった。ベイビーの瞳は、もしかして緑色なのかな？』

ケインは「そうそう」と厚い透明の壁を指の関節でコンコンと叩いた。

「青い瞳を見てベイビーって言われるのが嫌でさ」

『金髪に緑の瞳……ベイビーは妖精みたいな人かな』

「何だよ、妖精って」

H3は急に激しく咳き込んだ。落ち着くと水を一口飲み、シーツを肩まで引き上げる。

「喋（しゃべ）りすぎたかな。熱もあるんだし、ゆっくり寝てろ」

H3の犬耳が小さく動く。

『ベイビー、僕のこと見てる？』

「ちゃんと見てるよ」

聞こえないと知りつつ、答えてやる。H3がすっと目を閉じた。

『ベイビーが見ててくれるってわかるだけで、一人じゃないって思える。……安心する』

見られてないとわかっていても、見つめ合う状況は少し緊張する。H3が目を閉じたことで、そのプレッシャーはなくなり、至近距離で遠慮なく姿を見ていられるようになる。やっぱりH3は綺麗な顔をしている。テロリストに誘拐されず、大統領の庶子として普通に育っていたら、ホープタウン生まれの自分と話をすることはおろか、関わることもなかっただろう。

ああ、けどこの綺麗な顔は表面的なもの。今、自分が関わっているのは大統領の庶子ではなく、何人ものビルア種の人生を踏み潰してきた精神体、犯罪者だ。……しかし素直で感情豊かなH3に、犯罪者という言葉は似合わない。外見と中身が違うというのは、厄介なものだ。この容姿を見ずに、内面だけ見ろと言われても無理だからだ。

H3が目を開ける。頬は赤く、ぼんやりと一点を見つめる目は濡れたように潤んでいる。胸の奥でざわざわと風がたつ。病んでいる人間に向ける視線としては不謹慎とわかっていても、弱っている美形には色気がある。ああ、誰かが似た感じのことを話してた。そう、美和が……。

この肉体にH3が寄生していなくて、「赤毛のビルア種」のヨシュア・ハマスとして出会えたらどうだったんだろうと妄想してみる。乱射事件があって行き損ねた「ビシュア」とか。あそこなら人気店だから、前大統領の息子でもお忍びで来るというシチュエーションもありそうだ。そこでたまたま出会って意気投合し……そして聞かれるのだ。「君はどこの出身なの？」と。前大統領の息子が、ホープタウン出身の人間を相手にしてくれるわけがない。ホープタウンの人間だというだけでリスクがある。それに自分は父親がわからない。父親も、ホープタウンの安い娼館で、ティッシュに捨てるのと大差ない精液で、遺伝子を引き継ぐ子どもが生まれていることなど知らないだろう。ああ、そういうこと以前に、Ｈ３の性指向が女性ならもう終わり。自分とどうこうなりようもない。

「……ははっ」

馬鹿馬鹿しくて、自然と笑いが込み上げてくる。そういう妄想をすること自体がおかしい。Ｈ３は寄生体に乗っ取られていて、本来の人格じゃない。自分が接しているのは、自分と喋っているのは、姿、形のない「寄生体」だ。この容姿だけど、この容姿じゃない、化け物だ。

『ベイビー』

美しい肉体を支配する寄生体が、話しかけてくる。

『僕のこと、嫌いにならないでね』

こちらの迷いを感じ取ったのか、思わせぶりなことを言って人の心を揺さぶってくる。けどその肉体はお前のものじゃない。

Ｈ３を受け持つようになってから、Ｏのことを調べた。子供がＯに寄生され、家族が壊れた実話をいくつも読んだ。この男は、精神は、これまでそういうことを繰り返して来た筈だ。

『ベイビーに鬱陶(うっとう)しい、女々(めめ)しいって思われたくない。君に捨てられたら死にそうだって思う自分がいる。ベイビーに気づくまで僕は一人でも平気だったのに、今は一人ぼっちは嫌だよ』

Ｈ３の目から、ポロポロと涙がこぼれ落ちる。

『ベイビー、ベイビー、寂しいよ、苦しいよ』

名前を呼ばれ、こっちを向いて泣かれる。これがどういう存在か、わかっていても目の前で訴えられたら、どうにかしてやりたくなる。触れられないのに、分厚い透明な壁を何度も撫でてしまう。

「側にいる、ちゃんと見てるから……そんなに泣くな。風邪もすぐによくなるよ」

ぐずぐずとH3は泣き続ける。

『このまま死んじゃったらどうしよう。僕、こんなところで、一人ぼっちで死にたくないよ』

「大丈夫だ。そこまで具合が悪かったら、まず病院に連れて行くから」

H3はぐずぐずと「ベイビー」に泣き言を洩らす。こちらの声は聞こえないし、無意味だとわかっていても「大丈夫だから」「心配するな」と何度も必死になって慰めてしまう。

男は泣きながら眠り込んだ。やっと静かになったと胸を撫で下ろし、ホッとしたものの酷く疲れた。H3は昏々と眠り続け、夜勤の交代時間になっても目をさまさなかった。

風邪は所内で蔓延していて、軽い症状のまま回復したと思われていた博三が、ケインと入れ替わるようにして熱を出し三日休むことになった。しかし翌日には解熱したらしく『することなくて、退屈だよ』とアリとケインにメッセージを送ってきた。

とりあえず一回顔を見に行こうということになり、アリ、ケイン、そして美和の三人で博三

のアパートを訪ねた。美和にはアリが声をかけた。思いを寄せている美和に会えば博三も喜ぶだろうというアリのサプライズだったが、博三は照れているのかやけにおとなしく、口数が少ない。病人のところに長居もできず、十分ほどで早々に部屋を後にした。

帰り、何か食べて帰ろうと軽く食事のできるバーに三人で入った。けれど一時間もせぬうちに婚約者のブロアが迎えに来てアリは帰ってしまった。

「もしかして、私と博三をどうこうしようとしてる？」

二人になった途端、ストレートに聞かれて「俺はノータッチ」とケインは両手を挙げた。

「アリは博三が美和のことを好きだって知ってるから、顔を見たら喜ぶだろうって考えたんじゃないか」

美和は「ふうん」とロングカクテルに口をつけた。

「博三のことは好き。けどあくまで友達の範囲」

……それは美和の態度、言葉の端々に表れているし、博三も感じ取っている気はする。友達以上に好きになれない状態というのは自分も経験があるだけに、どうしようもないとわかる。

「私の話はもういいわ。ケインはどういう人がタイプなの？」

指をさし、聞かれる。いくらでも嘘はつけたが、その必要もないかと「優しい人かな。それで赤毛のビルア種ならなおよし」と答えた。

美和が「んっ？」と首を傾げる。

「前も似たようなこと言ってなかった？　ビルア種自体が少ないのに、赤毛とかレアじゃない？」

「最初に意識した相手が赤毛のビルア種だったんだよ。刷り込みみたいなものかもな」

ビルア種かぁ、と呟きながら、美和は自分の黒い髪を指先で摘んだ。

「じゃあこれまで好きになった人って全員、赤毛のビルア種なの？」

学生時代、淡い恋心を寄せた相手は何人かいたが、同性愛者ではなかったので、告白するまでには至らなかった。記憶に強く残っているのは、父親候補だった男。そしてＨ３だ。Ｈ３の裸体を思い出しただけで顔がカッと赤くなり、慌てて右手で隠した。

「ねえ、やっぱり好きな人がいるんじゃない。誰にも言わないから教えてよ」

美和が迫ってくる。Ｈ３は赤毛のビルア種、まさに理想のタイプになるが、その精神は本来の人格ではない。だから、何をもって自分がＨ３を「好き」としていいのかわからない。

「いないって」

「嘘よ。今、顔が真っ赤になってるじゃない。名前を知りたいって言ってるわけじゃないんだし、もったいぶらないで教えてよ」

責められて、額に汗がぶわっと吹き出してきた。ビール二杯で酔いが回ったのか、頭がクラクラしてくる。

「寂しがりで、甘えん坊な人かな……」

これぐらいなら、H3の情報を出しても守秘義務違反にはならない。聞きたがった癖に、美和は「ふうん」と途端に不機嫌な顔になった。

「告白しないの?」

「できないよ」

「どうして?」

囚人だから。酔いのせいかうっかり口が滑りそうになり、慌てて歯を食いしばってせき止めた。

「向こうは俺の顔も知らないんだ。それにこれから先、会うことも話をすることもないだろうから」

嘘ではない。美和は少し考えるそぶりをみせ、そして「映画スターなの?」と真顔で聞いてきた。

三日経つとH3の熱は下がったものの、鼻水や咳といった症状は相変わらず続いていた。追加の診察を受けるほどでもなく、もう二日追加で薬が投与されることになった。

ベッドの中にいることが多かったせいなのか、H3は動画よりもエアブックを読む時間が長くなった。ロマンス色が強い恋愛小説の長いシリーズを熱心に読んでいる。独房の周囲の廊下は、どうせ監視されていない。わかっていたから、椅子をH3のベッドの横まで持ってきて、移動用の端末片手にそこで仕事をした。壁は厚いが透明だし、物理的な距離は近い。

『ベイビー、この本面白いよ』

本を読んでいる間も、頻繁に話しかけられる。

「そうか、よかったな」

ピンと立った犬耳がピクピク震えるのを見ながら返事をしてやる。まるで恋人同士の距離と会話に感じて、嬉しくなる。美和は話をすることもない相手を「映画スターなの」と言ったが、今の状況はそれに近いかもしれない。美しい男をいくらでも鑑賞できる……けれど、話をすることも、触れることもできないという点では。

『ベイビー、読み終わっちゃった。次の巻が読みたいな』

「お前、ペースが早いな」

動画と違い、本の配信は一冊ずつだが一日の冊数制限はない。手許の端末で今の本を停止し、次の巻の配信を開始する。H3の目がぱっと大きく開いた。

『きた！　ベイビー、僕の話を聞いてたんだね』

「いつも聞いてるよ」

『ありがとう、ベイビー』

せっかく次の本を配信したのに、H3はエアブックを終了させる。そしてベッドの壁……ケインの座っている方角に顔を向けた。向こうからは見えていないのに、視線の高さが合うと見つめられているように感じて、息が詰まり胸が変に苦しくなってくる。

『ベイビー、大好き』

Ｈ３の顔はほんのりと赤く、目も潤んでいる。少し熱があがっているのかもしれない。体温の測定装置を使って体表面で計測するも、朝と殆(ほとん)ど変わらなかった。

『ベイビー愛してる』

ケインの耳がカッと熱くなる。

「お前、やめろよ」

『金色の髪で緑の瞳の、僕のかわいい妖精さん』

額と脇の下にじわっと汗が浮かぶ。どうにも居たたまれなくなり、ケインは俯(うつむ)いた。

『君はどんな顔をしてるのかな。金髪で緑の瞳っていうと、ラム・ディーバって女優さんがいるよね』

両頬を押さえたまま、ケインは顔を上げた。

「古いな。ラム・ディーバはけっこういい年だぞ」

今は六十を過ぎているかもしれない。ああ、そうだ。この男は普通と違う。もう数え切れないほど長い間、生きている。十年や二十年なんてほんの一瞬なのかもしれない。

私用で使うのは禁じられているが、配信動画を探すふりでラム・ディーバの出演している動画を検索する。何点か出て来て、大半が恋愛映画だった。そのうちの一つ、二十代半ばで主演した映画を視聴してみる。カメラワーク、音楽、ファッション、どれを取っても古くさかったが、ラム・ディーバの美しさは際立っていた。顔のパーツ一つ一つが、美の角度を計算し尽くして作られたように整っている。

暗澹たる気持ちでモニターをオフにする。残像が消えるまでの数秒の黒画面に、自分の顔が反射してうつる。よくかっこいいと言ってもらえるが、女優はその質が、オーラが違う。敵うわけがない。

何だか嫌だ。ラム・ディーバと思われるのは嫌だ。現実を知られた時に、男でこの顔だと知られたら、きっとがっかりされる。ふと気づく。Ｈ３は自分の顔を見ることはない。天変地異がおこってこの施設が壊れるという異常事態でもおこらない限り、絶対に見ることはない。Ｈ３が脳内でどういう顔の「ベイビー」を想像していても、それはそれでいいんじゃないだろうか。でもやっぱり嫌だなと思いつつ、しかし嫌だと伝える手段はどこにもないので、一人でモヤモヤするしかなかった。

Ｈ３は一週間で全快し、咳もしなくなった。中止していた運動のルーチンも戻る。ホッとしていたある日、ケインが出勤するとＨ３はベッドの中に入ったままだった。もしかしてまた風邪がぶり返したのかと不安になり、慌てて体温チェックしてみるも平熱でホッとする。単に夜更かしして寝るのが遅くなっただけかもしれない。

『ベイビー、聞こえてる？』

ベッドの中から、Ｈ３が話しかけてくる。

「聞こえてるよ。まだ起きてこないのか？　もう朝だぞ」

少しユーモアを含めて聞いてみる。

『昨日からずっと考えていたんだけど、ベイビーは僕を監視してるんだよね』

「まぁ、それが仕事だからな」

『僕、この独房に入ってからずっと……裸なんだけど、裸の僕をいつも見てるってことなの？』

その通りだが、教えてやることはできない。しかし本人はもう気づいている。

『僕、好きな人の前でずっと裸でいないといけないの？』

「それは……」

Ｈ３が顔にシーツをかぶる。その端から出た犬耳がピクピクと震えている。

『パンツだけでもいいから、ほしいよベイビー。お願い』

ケインは執務室のモニターの前、両手で額を押さえた。Ｈ３の気持ちはわからないでもない。自分だってきっと同じように思うだろう。けれどどういう理由でパンツの申請をすればいいのかわからない。「恋した刑務官に裸を見られるのを嫌がるので」と馬鹿正直に書けるわけもない。

無理なのはわかっている。それでも何とかしてやりたくて、刑務所の規約を片っ端から読んでみた。人権という観点からするとパンツは支給されるべきだが、H3の全裸という状態には、肉体の保全と自傷行為の早期発見という重要な目的がある。こういう場合は、おそらく無理だ。

それでも申請するだけしてみようと「風邪再発の可能性あり。H3の下着希望(パンツ)」と書いて提出してみた。風邪がなおったばかりだし、ひょっとしたら通るかもと期待したが、それへの返答は「空調で調整」。まあ、そうだろう。予測していたので、落胆はなかった。

H3は午前中、ずっとベッドの中にいて、昼食がセッティングされてもなかなかベッドから出てこなかった。

「俺に見られるのが嫌なのはわかるけど、機嫌なおせよ」

「そういう決まりなんだから、仕方ないだろ」

聞こえない、そしてふて寝している相手に向かって、ケインは房(ぼう)の外から何度も話しかける。三十分ほどぐずぐずして人をやきもきさせていたが、空腹には勝てなかったらしくH3はもそもそと起き出し、前屈みに股間を隠しながらリビングに入り、ご飯を食べ始めた。一度ベッドから出て吹っ切れたのか『僕の裸、あまり見ないでね』とぽつりと呟いた。

食事のあとは、いつものようにエアチェアで動画を見始める。裸にも折り合いをつけてくれたようで、ひとまずホッとする。そうこうしているうちに見回りの時間になる。するとH3が動画の視聴をやめ、エアチェアをおりた。独房の周囲を回っているうちに、H3はシャワールームに入る。いつも運動の後が多いが、今日は午前中に拗ねてベッドの中に籠もっていたので変則的だ。

H3がちょうどシャワーを浴びているときに、正面にきた。裸を見ないでと言われたことを思い出し、少し意識する。

シャワールームの中、H3が左手を壁につき、右手を性器に伸ばしてギョッとした。H3は、シャワールームやトイレの中まで監視されていると知らず、以前もそこでオナニーした。擦り上げられた性器がみるみる固くなっていくのがわかる。見てはいけない、見ない方がいいとわかっているのに、目が離せなくなる。ここにいたって、誰にもわからない。自分の姿は、H3と中央管理室の職員、どちらにも見られていない。

ずるい自分が言い訳する。ここに立っているのは変じゃない。おかしくない。わざとじゃない。自分はこの男を定期の見回りで監視しているだけで……。

自慰するH3の頬は風邪の時のように火照り、目も潤んで色気がダダ漏れしている。何度も吐息を漏らすその唇にキスしてみたい。透明の壁に手をつき、自慰する男を間近でじっと見つめた。傍にいる。それでも触れられない。けど近い。……目の前のリアルと、決して越えられない透明の壁。

その唇が動いている。何か言っているが、声が小さ過ぎて聞こえない。

携帯用のモニターで、房内の音量を上げてみる。

『はっ……はっ……ベイビー、ベイビー』

甘い声に腰を直撃され、膝がガクガクし立っていられなくなる。ストンとその場に膝をつき、震える手で慌てて音量を下げた。顔が燃えるように熱くなる。これ、まずい……と思いながら顔をあげると、目の前にＨ３の張り詰めた性器が見えた。膝をついたことでそれがちょうど顔の正面にきた。

勃起した性器の先端が、壁に押しつけられる。どうしても、どうしても自分の中で吹き上がってくる衝動に抗えず、性器が押しつけられた壁に触れてみた。実際に触れているわけでもないのに、指先を動かしてみる。そこは温みも丸みもないのに、本当に触れている気分になって、興奮する。息があがる。

Ｈ３の先端が震え、欲望が弾け出す。白い体液が、跡になってつらつらと壁を流れ落ちる。Ｈ３は壁に両手をついて小さく肩で息をする。自分たちの間にこの壁はなく、自分がＨ３から欲望の滲む瞳で見下ろされているようで、背筋がゾクゾクする。

Ｈ３の唇が動く。自分の名前を呼んでいないか聞きたくて、音量を上げた。

『ベイビー』

甘い声が鼓膜に反響し、股間に熱がたまってくる。もっと見つめられたいのに、視線はそっけなく逸らされた。Ｈ３はふうっと大きな息を一つつき、バスルームの中央に立つ。エアで一瞬にして体の湿り気が消え、バスルームの外へ出る。そしてエアチェアに腰かけて、動画を見始めた。あまり見ないでと言われていたのに、自慰行為を凝視(ぎょうし)してしまったのは自分。悪いのはこちらの方なのに、なぜか捨て置かれた惨(みじ)めな気分になる。

　ぐるりと独房の周囲を一周し、執務室に戻る。見回りのチェックを入力したあと、動画を鑑賞しているＨ３を見つめる。赤い犬耳に、優雅な尻尾(しっぽ)。明るい琥珀色(こはくいろ)の瞳。頭の天辺(てっぺん)から足のつま先まで美しいビルア種の男。そんな男が、自分を妄想しながら自慰行為にふける。思い出しただけでドク、ドクと心臓が騒ぐ。

『ははっ』と笑い声が響く。自慰行為を見られていたと知らない男は『このドラマ、面白いね、ベイビー』といつもの調子で話しかけてくる。

「……それならよかった」

　さっきの生々しさが尾を引いて、自分の声が必要以上に相手に媚(こ)びているように聞こえて、何だかむず痒(がゆ)い。

『もしかして僕が動画を見ていたら、ベイビーも一緒に見てるのかな？』

「まぁ、時々。俺は仕事があるから」

『僕が面白いなと思うところで、ベイビーも笑ってるのかな』

　刑務官が操作できる監視カメラが一台あり、それを使ってＨ３の顔をアップにした。眉毛も、睫毛(まつげ)も赤色。モニターに映る顔にそっと触れてみる。これは見せかけ。偽物だ。精神と肉体は違うもの。何度自分に言い聞かせても、好きだと訴えてくるこの甘ったれた犯罪者の心と肉体を、分けて考えることなどできなかった。


二月も残すところあと1週間。数日前から暖かかったので、このまま春になるかと期待していたのに、昨日から急に気温が下がり、夜のうちに雪が降った。ケインは軽めのアウターで出勤のつもりだったが、窓の外から見える歩道が白くなっているのに気付き、慌てて厚手のコートに着替えた。

その日は、普段とあまり変わりはなかった。H3は頻繁に話しかけてきて、聞こえていないと知りつつケインも一つ一つ返していった。H3は日に何度も「愛している」とか「大好き」と言葉で伝えてくる。それに嬉しさと恥ずかしさ、そしてどこか切なさが混ざった複雑な気持ちで「ありがとうな」と答える。

自分は今、一日の大半をこの男と共に過ごしていて、監視というよりもまるでデートしている気分になっている。今日は交代の三十分前に、H3がクリスマスソングを歌い始めた。いったい何事かと驚いたが、H3の見ているカレンダーだと今日が12月24日だった。実際は二月の終わりだが……。

歌はあまり上手くないが、一生懸命なのは伝わってくる。歌い終わると『ベイビーに何か贈り物をしたいけど、何もできないから。下手でごめんね』とH3は恥ずかしそうに俯いた。その姿が可愛くて、いじらしくて、今すぐ独房内に飛び込んで抱き締めたくなった。

歌の贈り物に興奮していたが、勤務を終えて更衣室で着替えているうちに、猛烈に悲しくなってきた。自傷行為予防のために、間違ったカレンダーを与えられているH3。だから2月にクリスマスの歌を歌っていることに気づかない。

気持ちが沈み、一人でいたくない。アリを夕飯に誘うと、二つ返事で「行く」だった。どうせだし、博三も誘おうということになったが、勤務時間を終えてもなかなか更衣室に来ない。どうやら博三の勤務エリアで急病人が出たらしく、バタバタしているとの情報が他のエリアの刑務官から伝わってきた。

更衣室は狭いので、ひとまずアリとロビーへ移動する。二人の間で、スポーツバーの「ミッツ」にゆくことで話がつく。アリの勤務している青エリアに、背中に大きな髑髏のタトゥの入った男がいるという話を聞くともなしに聞いているうちに、目の前を美和が通りかかった。帰りの挨拶のつもりで右手を軽く振ると、方向転換してこちらに近づいてきた。

「あなたたち、まだ帰らないの？」

「博三を待ってるんだ。三人で夕飯に行こうと思ってさ」

ケインが答えると、美和は「そうなんだ」と腰に手をあてた。

「白エリア、病人が二人出たって話してたものね。外の病院に緊急搬送だって」

アリは「二人かぁ」と頭を掻き、ついでのように「スポーツバーのミッツに行くんだけど、一緒に来る？」と美和を誘った。美和は小さく瞬きし「どうしようかなぁ」と呟く。

「あっ、いたいた」

バタバタと騒々しい足音を響かせながら、博三が駆け寄ってくる。美和に気づいてはいるものの、その視線は真っ直ぐケインに向けられていた。

「さっき事務方の職員がお前のことを探して更衣室に来てたぞ」

「事務？」

何だろうと首を傾げる。アリに「お前、何やったの？」と肩を小突かれた。

「別に何も……」

もしかしてH3とやり取りしているのを中央管理室に知られたんだろうか。やり取りと言っても、H3の一方的な話に、聞こえないと知りつつ自分が返事をしているだけ。コミュニケーションとしては不成立だ。情報漏洩もしていないし、遊びのようなやり取りだが、それでも何かまずかったんだろうか……まずかったのかもしれない。

「その職員、手紙が何とかって言ってたな」

「手紙？」

フォーンでのやり取りが大半なので手紙など滅多に使われないが、緊急時のインフラとしてシステム的には維持されている。ケインも過去に何度か使ったことがある。

博三が「おっ」と声をあげる。

「あそこにいる、あの人」

事務方の灰色の制服を着た若い職員がロビーをうろうろしている。博三が「ケイン・向谷、ここにいますよ」と声をあげると、職員は早足でこちらに近づいてきた。「えっと、ケインさんは……」と自分とアリを交互に見ている。

「ケインは俺です」

一歩前に出る。そばかす顔の職員は頬の緊張を緩めた。

「あなた宛の手紙がこちらに届いています。危険物検査でも異常なし、開封して暗号検査にかけましたが、そちらもパスしました。特に問題のある内容でもありませんが、あなたの名前しか書いていませんし、差出人も名前しか明記されていませんので、もし受け取り拒否ということでしたらこちらで処分をします」

手紙は都市部では殆ど見られないが、ホープタウンではまだ一定層に需要がある。もしかしてホープタウンの知り合いだろうか。けれど自分がどこに住んでいるか、就職したかを知っているのは一人しかいない。

「処分をお願いするかもしれませんが、その前に中を見ていいですか？」

「どうぞ」

手紙を開いてみる。冒頭の三行だけ読み、ケインは息を呑んだ。

「あ、あの……これ、もらっていきます」

手紙をコートのポケットに突っ込む。

「ごめん、ミッツには行けない。帰る」

呆気にとられている三人を残し、ケインはエントランスを出た。流しのエアタクシーを捕まえ、ホープタウンの地名を告げる。運転手は「あぁ、あそこね」と承知したという顔で浅く頷いた。


外はすっかり日が暮れている。都市部を走っている時は街灯や家の窓がキラキラしていたが、都市部とホープタウンの中間辺りに位置する地域へ来るとぐっと灯りが少なくなる。川を挟んでホープタウンに入ると、明るい地域と真っ暗な地域の差が極端になる。

街が明るい地域の中に入り、タクシー運転手は「この辺ですねぇ」と高度を下げた。昔から、この辺の店に来る都市部の客がエアタクシーを停める場所は変わっていない。見慣れた通りだ。ここからだと店まで歩いて三分もかからないだろう。

「おつりはいらないから」

少し多目に渡す。タクシー運転手は目を大きく開き「よかったら帰りも呼んでくださいよ」と愛想良く笑った。

ケインはタクシーを降りると同時に走った。仕事帰りだが、自分の服装はこの辺りの人間からすると上等過ぎる。ゆっくり歩いていたら、間違いなく目をつけられ襲われる。

角を二つ曲がり、昔懐かしい建物の前まで来る。中に入ると「いらっしゃいませ」と黒い髪に黒い瞳、アジア系の見知らぬ顔の若い男が満面の笑みを向けてきた。

「ご予約はされていますか？」

「レイラに、ケインが来たと伝えて」

男は何度か瞬(まばた)きし、エアパネルを操作して「レイラさんに会いたいと、ケインさんという方が来られています」と伝えてくれた。向こうの声は聞こえなかったが、男は浅く頷いて「どうぞ」と従業員用になっている右手のドアを指さした。

ドアを開け、廊下を歩く。昔はもっと広かったように思うが、今はやたらと狭っ苦しく感じる。事務員の控え室になっている場所……昔、よく宿題をしていた部屋に、ノックもせずに入った。

小さな部屋には、人がいた。男性が一人に女性が四人……中央に置かれた棺(ひつぎ)を取り囲んでいる。右端にいた白髪交じりの初老の女性が「ケインかい」と声をあげ、駆け寄ってきた。

「お前、ケインだろう」

「手紙をありがとう、レイラ」

レイラはケインの腕を摑み、ボロボロと泣き出した。

「本当に、本当にお前が来てくれるなんて思わなかったよ。どうか顔を見てやっておくれ」

粗末な木製の棺の中には、白髪が増え、一回り小さくなったデリアが横たわっていた。

「病気なんてしたことがない人だったのに、頭が痛むといって帰って、次の日にはもう……あんたに知らせるかどうか迷ったんだよ。デリアはあんたを自分の子どもみたいに大事にしていて、悪い知り合いに利用されたらいけないって、どこに行ったのか誰にも教えてくれなかった。けど刑務官になったっていうのはちらっと聞いてたから、いちかばちかで手紙を出してみたんだ」

デリアは穏やかな顔をしていた。苦しんだ様子はなく、静かに逝ったのかもしれない。もうあんたはホープタウンの人間じゃない、こんな掃きだめに二度と戻ってくるんじゃないよと言われていたけれど、一度ぐらい顔を見に帰れば良かった。デリアは毎年、誕生日にバースデーカードをくれた。自分もお返しにプレゼントを贈っていた。

デリアの首には、自分が昔プレゼントしたスカーフが巻かれている。無意識に触れると「それ、いいだろう。デリアのお気に入りだったんだよ」と言われ、胸が苦しくなった。デリアは確かにそこにいるのに、まるで眠っているようなのに、その唇は二度と話をすることはない。涙が出た。溢れた涙がデリアの頬を濡らし、慌てて拭ったが後から後から溢れて、止まらなかった。

明日の朝、デリアの遺体は回収車が引き取りにくると教えられた。個体IDのないホープタウンの人間は、骨も残らぬように焼き尽くされて終わる。デリアにも個体IDはない。河原にうち捨てられないだけ、棺に入れられているだけマシなのだ。

ケインはデリアの髪を一房だけもらい、小さな袋に入れた。棺の傍に座り、デリアの頭を撫でる。部屋には娼婦らしき女性が入れ替わり立ち替わり入ってくる。涙を流す者もいれば、チラと顔だけ見て出て行く者、露骨にケインを誘ってくる者と色々だ。

レイラに頼んで、ケインは出棺までの一晩、デリアに付き添わせてもらうことにした。娼館は午前二時に閉店になり、灯りが落とされる。レイラは裾のほつれた毛布を貸してくれたが、少しも眠れる気がしない。午前三時頃、レイラがもう一度やってきて、ホット珈琲を差し入れてくれた。……安物の珈琲は、苦みだけが舌の上に強く残る。

レイラはデリアの頬を撫で「よかったねえ、あんた」と呟いた。

「ケインが来てくれて、よかったねえ。あんた、ケインは自分の息子みたいなもんだってずーっと言ってたもんねえ」

レイラは「よっこらしょ」とケインの隣に腰かけた。

「デリアはね、いっつもあんたの話をしてたよ。私が勉強をさせて、都市部の学校に行かせたんだって。ホープタウンの人間でも、学さえありゃ幸せになれるんだって、そりゃあ嬉しそうに、何度も何度もね。あんたはデリアの自慢で、生き甲斐だったんだ」

「あんたは幸せな女だね」とレイラは囁き、ケインに金属製の鍵を差し出してきた。都市部の住宅は顔認証なので、鍵はない。このタイプを久しぶりに見た。

「デリアはこの店の裏に家があるんだ。家って言っても、マンションの一部屋だけどね」

知っている。何度も行ったことがあるからだ。ベッドと古いキッチン、狭いバストイレがあるだけの小さな部屋。デリアは若くて稼ぎのいい時に部屋を買っていた。年をとり、稼げなくなっても住む場所に困らないようにと。

「あんたにあげるよ」

驚いてレイラの皺だらけの顔を見た。

「デリアは私にくれるって言ったんだけど、断ったんだ。私も家は持ってるし、二つあっても管理が面倒でね。そしたら、もし自分に何かあったら、ケインにあげてくれって言われたんだ」

「そんな……」

レイラはケインの手をとり、そっと鍵を握らせた。

「もらっといてやりな。デリアの気持ちだ。いらないなら、あんたが死ぬまで放っておけばいい。そしたらいつか建物もくずれてなくなるさ」

握らせたケインの手を撫で、レイラは「ああ、これで私も肩の荷がおりたよ」とふうっと息をついた。

エントランスで「ケイン？」と声をかけられた。ホープタウンから直行したのでいつもより遅い出勤になり、常にギリギリの時刻に滑り込む博三と鉢合わせた。

「お前がこの時間って、珍しいなぁ」

二人とも早足で更衣室に向かう。

「ああ、ちょっと……」

面白い動画を見ていて睡眠不足だと嘘をつこうとしたが、口も動かないし、顔も作れない。それに昨日は一緒に食べに行くはずだったのに、変な断り方をした。

「知りあいが亡くなって、田舎に帰ってた」

博三が「えええっ、大丈夫か」と声をあげる。

「何とか見送ることはできた。けど時間がなくて、田舎からそのままこっちに来たんだ」

博三はしばらく黙っていたが「大丈夫か？　顔色悪いぞ」とぽんと肩を叩いてきた。それで張り詰めていた気持ちが崩れて、ぼろっと涙が出た。博三が慌てて「お前、休め」と肩を抱いてきた。

「休めない。大切な人だけど、肉親じゃないから有給申請できないし、働いている方がかえって気が紛(まぎ)れる」

そうか……と呟いたきり、博三はそれ以上は何も言わなかった。

更衣室で、何も考えずルーチンで制服に着替える。カチンと金属音がして、デリアの鍵が落ちた。慌てて拾い上げ、ロッカーの内側についている小さなトレイに置いた。

始業の三分前に職場に滑り込む。夜勤の引き継ぎはいつも通り「変わりなし」の一言で終わり。監視エリアの椅子に腰かけ、息をつくと同時に午前九時になった。ポンとモニターにランプが表示される。動画申請のサインだ。ケインは無意識に音声モニターをオンにしていた。

『おはよう、ベイビー』

Ｈ３の声は明るい。

『動画が面白くて、昨日は夜更かししちゃったよ。続きが楽しみでたまらないんだ』

早く見たいと言っているのだから、続きを検索して視聴できるようにしてやらないといけない。それなのに手が動かない。

Ｈ３は赤毛の尻尾を左右に振りながら、今か今かと待っている。意地悪するつもりはないのに、指が動かない。

『ベイビー、どうかしたの？』

Ｈ３が小首を傾げる。

『君じゃないのかな、ベイビー。それとも忙しいのかな』

何だか息苦しい。胸が詰まる……そう思いながら、動画の配信を手配する。上手くいかない。

どうしてだろうと原因を探っているうちに、前の配信を削除し忘れていたと気づいた。

前の配信を消して、新しいものを視聴可能にする。

『あっ、きた！』

Ｈ３が早速パネルを操作する。けれどすぐにその動きは止まった。

『ベイビー、僕が見たいのは22話からなんだ。27話からだと、話が飛んでわからないかもしれない』

ああ、きちんと見てなかった。慌てて配信した動画を停止する。そして22話以降を捜した。

『ベイビー、僕が見たいって催促したから、慌てちゃったのかな』

Ｈ３は天井を見上げて話をする。

『急がなくてもいいよ』

動画が揃ったので、配信しようとするが上手くいかない。一日の視聴回数を超えたのだ。それはこちらの不手際なので、ロック解除をすればいけるはずだ。けれど解除されない。中央管理室に連絡を入れてロック解除をお願いしたが、映像トラブルがおこっている房があるらしく、対応が少し遅くなると言われた。

Ｈ３は、いつまで経っても視聴可能にならないモニターを見ている。そして顔を上げた。

『ベイビー、何かトラブルでもあったのかな？』

「……中央の対応が遅くなるんだ。少し遅れるよ、ごめんな」

『それとも苛々してる？　僕、何か気に障ることを言ったかな』

「お前のせいじゃないよ」

『よくわからないけど……僕が言ったことで、何か気に障ったなら謝るよ。ごめんね』

Ｈ３は優しい。何人ものビルア種の人生を食い潰してきたのに、甘えん坊で優しい。

「別に謝らなくていいよ」

『愛してるよ、ベイビー』

ブワッと涙が溢れた。こちらの監視エリアは中央管理室から見られていない。声も聞かれていない。

「知りあいが亡くなったんだ。俺がホープタウンから出るきっかけをくれた人だった」

涙がぽたぽたとデスクに落ちる。

「ホープタウン出のことをずっと隠してた。誰にも知られたくないと思ってた。差別されたくなかった。それでも……どんなに嫌だって思ってても、俺のルーツはあそこなんだ。嫌なことばかりだったけど、優しい人もいたんだ。守ってくれる人もいたんだ。そういう人がいなければ、今の自分はいなかった」

声が震えた。

「もっと、元気なうちに会っておけばよかった。帰ってくるなと言われても、帰ればよかった。俺のルーツは、帰れる場所はもうどこにもないんだ」

涙が止まらず、見回りの時間になっても立ち上がれない。デリアを一度、都市部に連れてきてあげればよかった……生きている間に、綺麗な場所を見せてあげればよかった。ああすればよかった、こうすればよかった、後悔ばかりが先に立つ。

中央管理室から、ロックが解除されたとの知らせが入る。涙が止まらないまま、続きの動画を……次は22話から間違わないよう気をつけて視聴可能にした。

壁面のモニターに気づいたのか、H３がエアチェアからおりた。視聴可能を示すランプにそっと触れる。

『ありがとう』

H３が顔を上げる。

『愛しているよ、ベイビー』

思わず目を逸らした。この男もいなくなる。あと三ヵ月後に消える。顔も知らない自分を「愛している」と繰り返すこれは、精神だけの化け物。この顔、形は本来のこの男のものじゃない。自分はこの男に踏み込みすぎた。これ以上、深く関わってはいけない。なぜ、どうして……。

顔を上げると、のんびりと動画を視聴するH３が見える。恐くないんだろうか。あと数ヵ月で、その体から弾き出される。体から出た瞬間、終わる。もう次の人生はない。潰されて殺される。

Ｈ３が死ぬ……そう考えただけで胸がキリキリ痛む。また涙が出てきた。そんな自分に、感情的になるなと言い聞かせるが、今はとても冷静になんてなれない。

自分は帰る場所を失った。そして「愛している」と無邪気に笑いかけてくる男も、三ヵ月後には確実に失うのだ。

そしてその男を失う瞬間まで、毎日毎日、その姿を見せつけられる。もしかしてここは地獄だろうか……地獄なのかもしれなかった。

囚人に恋をした。言葉にした途端、手垢のついたロマンス小説のように安っぽさを纏う。しかもその囚人は、あと三ヵ月もせぬうちに死んでしまう。いや、死ぬのは、前世界大統領の庶子の肉体に寄生している「Ｏ」という精神体だ。肉体と精神は庶子本人に返却され、寄生したＯだけがこの世界から消滅する。それはもう既定路線になっている。

今、ケインの目に見えているのは、独房に閉じ込められた庶子の肉体と、その肉体を乗っ取ったＯの精神体。合わさっている二つを、分けて考えることなどできない。これだけＨ３を気に掛けてしまうのも、所詮、見た目がタイプだからだろうと自分で自分をあざ笑う。それならあれは美しい花だと割り切って観賞だけしていればいいのに、そうできない。もう自分は、あの精神体を知ってしまっている。

Ｈ３を見ていても、惹かれているのがあの肉体か、それとも精神かずっとわからないまま。自分の中に明確な答えを見つけられないうちに、その精神が消滅する日が一日、一日と忍び寄ってくる。カレンダーを二ヵ月遅れに操作されているので正確な日付を知らず、何百年と生きてきたのに消滅の心準備さえさせてもらえないＨ３は、分厚い強化ガラスの向こうから、今日も笑顔で担当の刑務官、ベイビーに無邪気に話しかけてくる。

『おはよう、ベイビー』

恋をしている人特有の熱っぽい瞳で、あらぬ方向を見つめながら。自分に向けられたその視線に体温がじわっとあがる。声をかけられると心が騒ぐ。浮かれた気分は消滅という現実にみるみるうちに侵食され、途端に辛くなってくる。笑顔を見ているのが、辛い。見ていたいのに、見ていたくない。

こんな感情から解放されたい。逃げたい一心で、担当している独房を替わることはできないか、就業規約を取り寄せて熟読したが、当然のことながら下っ端の刑務官に囚人を選ぶことなどできるわけもなかった。

刑務官を、この仕事を辞めればＨ３から離れられる。けれど辞職したら二度と世界政府の役人にはなれない。ホープタウンから飛び出して、ようやく手にした安全で清潔、快適な都市部での生活を捨てることなんてできない。結果、恋する男の精神が死に絶える当日まで、一日、一日、その姿をガラス越しに見せつけられる羽目になった。

『ベイビー、ベイビー、ベイビー』

聞くたびに嬉しくなり、同時に胸がギリギリと痛む。毎日毎日、相反する感情に翻弄されて、頭がおかしくなりそうだ。もう自分に話しかけないでほしいと伝えたくても、自分から独房のＨ３に「気持ち」を伝える手段はない。メッセージを送ることも、声を届けることも、姿を見せることもできない。けれどＨ３は何でも自分に伝えられる。だから全身で「好きだ」と表現してくる。

『愛しているよ、ベイビー』

頬を赤らめ、嬉しそうに赤毛の尻尾を左右に振る。もうどうにも耐えられなくなり、半日ほど監視をサボタージュしたことがあった。執務室のソファにうずくまったまま、何もしない。動かない。日誌は適当に書いた。呼ぶ声に心が乱れるので、音声も切った。姿を見ず、声を聞かなければ、そこは「何もない世界」になる。

けれど昼を過ぎた頃から、Ｈ３がどうしているのか気になって仕方なくなった。何か自分にお願いしたことがあったかもしれない。Ｈ３の命は残り少ない。独房の中で叶えられる、限られたほんの些細な願いすら、担当刑務官の一方的な感情で無視されるのは、残酷に思えたから……仕事に戻り、音声をオンにした。

『ベイビー』

甘えた声を聞くたび、胃がしくしくと痛む。仕事が終わり、職場である刑務所を出てからも、

H3のことを考えている。どうにかできないか、何か方法はないものかと、考えても仕方のないことを延々と考える。

気分が沈みがちになり、食欲がなくなる。食事が喉(のど)を通らない。放っておいたらするすると体重が落ちて制服のズボンのウエストがゆるくなった。博三(ボーサン)に「お前さ、痩(や)せたを通り越してやつれてるぞ。病気なんじゃないか、大丈夫か？」と心配されたが「最近、ジョギング始めてさ。大会とかにも出ようと思ってて」と適当な理由をつけ、笑って誤魔化(ごまか)した。

思い悩むことに疲れ、いっそ心が死んでくれないかと願った。心が死に何も感じなくなれば、この感情に苦しまずにすんだに違いなかった。

その日は、朝から動画を見ているH3を、心を無にして監視していた。少しでも感情が入ると、あっという間に目頭(めがしら)が熱くなって涙がこぼれ、息苦しくなってくるからだ。

『ベイビー、君はヒースの丘を見たことがある？』

そんなことなど知る筈もないH3は、自由に話し掛けてくる。

「……俺はない……ないな」

答える義務もないのに返事をする。自分の声は消え入りそうに小さく、まるで呟きだ。

『昔、小さな頃にヒースの丘を歩いたことがあるんだ。春先だったかな、なだらかな丘が一面の緑になって、それが地平線の向こうまでずっと続いていた。風が吹くとザワ、ザワって音がするんだ。だだっ広さと何もなさに、ただただ圧倒されたよ。それまでホープタウンのごみごみした街の、小さな部屋を転々として暮らしていたから、そんなに広い場所は初めてだった』

エアチェアの上『あの時も引っ越しの途中で通ったんだったかな。……もう一回、見たいなあ』とH3は膝を抱えた。

『一面の緑の丘。何もないからちょっと寂しいけど、綺麗な場所なんだ。ベイビーと一緒に歩いてみたいな』

不思議だった。独房の中に入ったままだと、いずれ「寄生した体から吐き出された」時に捕らえられる、殺されるとわかっているはずだ。ヒースの丘を担当刑務官と歩けるなんて日は永遠に来る筈もないのに、どうしてそんな妄想を楽しげに語ることができるんだろう。

H3は楽観的すぎる。そしてたとえ無理だとわかっていても、理由を口にすると絶望感が増しそうで「そうだな、いつか行けたらいいな」と答えたが、虚しさが余計に膨れあがっただけだった。

仕事を終え、家に帰ってからケインは動画を検索した。ヒースの丘が映っているものはなかなか見つからず、あっても一瞬だけと味気ない。探して探して、一晩かけてようやく一本の映画を見つけた。所の閲覧可能な動画一覧には入っておらず、出勤すると同時に申請をかけてみる。政治的な内容は皆無だったので、一時間ほどで許可が出てリストに入った。

最近、H3はロマンス小説も熱心に読んでいるので、動画の視聴申請が入ったのは午後になってからだった。続きが五本。ケインはそのうちの一本を映画にした。

『ベイビー、映画が一つ入っているよ。間違えちゃったの？』

Ｈ３はすぐに気づき、しきりに首を傾げていたが、何を言ってもそれが変更されないとわかると、ドラマよりも先に映画の視聴を始めた。動画を見ているＨ３をじっと見つめる。ヒースの丘が出てきても無反応だ。新緑の季節ではなく、花の盛りだったから気づかないんだろうかと思っていると、不意に『わあっ』と声をあげ、Ｈ３はエアチェアを降りて画面に駆け寄った。紫色のヒースの花が映し出された壁に、実物に触れられるわけもないのにそっと触れていた。

映画が終わったあと、Ｈ３は両手で胸を押さえて『ありがとう、ベイビー』と天井を見上げた。

『ヒースの丘、僕が行った場所によく似てた。花が咲いていると、とても綺麗なんだね』

Ｈ３の琥珀色の瞳に涙が浮かび、ぽろりと落ちる。スンと洟をすすりあげて、目元を拭う。けれど美しい瞳からは、それが溶け出してしまっているかのように、後から後から涙が溢れてきた。

「どうして泣くんだよ」

喜ぶと思って探したのに、Ｈ３は号泣している。何がまずかったんだろう。見せたことで、外へ出たい、自由になりたいという気持ちを刺激してしまったんだろうか。動揺し、けれど何もできずに房の周囲の廊下をウロウロしているうちに、Ｈ３の涙がようやくひいた。

『……僕はもう怖くない』

赤くなった目尻で、ふうっと息を吐く。

『ベイビーがいるから、怖くない。ベイビーがいるから、寂しくない。僕の言葉は、独り言じゃない。君に届いているし、君の優しい気持ちも僕にちゃんと届いてるよ』

嬉しいなぁ、とH3は座り込む。膝を抱え『ベイビーは罪な人だ。これ以上、君を好きにさせてどうするの』と笑った。

両手が震えてくる。違う。好かれたくてやったんじゃない。お前は、もう本物は見られない。だから見せたかった。見たいというものを、映像でもいいから見せたかった。映画で見るそれが『寄生体の目』で見る最後のピースの風景になる。だから必死になって探した。少しでもその心を、喜ばせられるならと。

けれどこんな苦しい気持ちになるなら、余計に切なくなるなら……いっそ見せなければよかったのかもしれなかった。


過去「寄生体」という存在がいたことを学校で学んだが、大まかなガイドラインだけ。この世から消えたとされる存在を、脅威ではなくなったそれを、歴史以上に詳しく知る必要はないとされているんだろう。

ケインは寄生体について書かれてあるブックを片っ端から購入し、読みふけった。驚くことに、その生態は殆(ほとん)ど何もわかっていなかった。精神体なので、解剖して調べられるものでもない。ビルア種から吐き出されて固形化した、真珠に似た粒の状態の寄生体の組成を分析した科学者もいたが、いくつかの実在する成分が寄り集まって作られていて、目新しいものはなかったと論文には書かれていた。

はっきりしているのは、寄生していない状態は白い粒状であること。五歳のビルア種に飲み込ませることで精神に寄生し、三十歳になるとその体から白い粒状で排出されるということだけ。寄生体は、自分たちが効率的に途切れなく寄生を続けていけるよう組織を作っていたらしいが、それも詳細は不明。寄生体の存在が明らかになってからは、高い知能を目印に市民による「寄生体狩り」がおこなわれ、数が減少した頃には普通の人間に擬態する者もいたと記されていた。

寄生体は発生した当初が最大数で、ウイルスのように増殖するわけではない。事故や事件で宿主が急逝し、白い粒状で吐き出された時に拾われず破壊されれば寄生不可能、死亡となる。白い粒の状態は真珠に似ており、固く頑丈に見えても踏めば簡単に潰れるなど壊れやすかったらしく、必然的にいつかは消滅する種族だったのかもしれなかった。

ブックの中には、精神を乗っ取られたビルア種を見つけ出し、いかにして寄生体を排出させたかの実録として、現在では禁止されている、水中で仮死状態にして寄生体を取り出した十歳児の事例が紹介されていた。寄生体に乗っ取られた状態で三十歳まで経過してしまうと、その後の社会生活に大きく影響するが、十歳だと少し遅れこそすれ、人として正常に成長ができたとあった。そういえばＨ３もこの排出処置を行われていたが失敗に終わっていた。寄生されても、早くに排出させたらやりなおせるという事例から、子の将来を守りたい一心で親による寄生体狩りが加速したようだった。

排出された寄生体は、踏み潰して壊してしまえば寄生能力は消失するが、永遠の命的なものを期待して、粉にして服用することが一部上流階級の中で流行した。粒になった精神体は闇で高値で取引され、寄生体を宿しているのではとビルア種が襲われる事件が頻発したため、排出された寄生体の粒は焼却処分で灰も残らないよう焼き上げてしまうことが法律で決まった。

読んでいるうちに気分が悪くなり、ケインは途中でブックを閉じた。Ｈ３が消えるのは仕方ない。Ｈ３は出現した時から今まで、何人ものビルア種に寄生し、幼年期から青年期という貴重な時間を奪ってきた。いや、それだけじゃない。その先の人生までも狂わせている。それは罪深いことで、何らかの処分は受けてしかるべきだろう。

……一つだけ彼らを擁護するなら、彼らも好きでビルア種の肉体を「乗っ取る」わけではない。そうしないと生きていけないからだ。自分たちが生きるために動物を殺め、肉を食うのと同じ理屈だ。ビルア種と寄生体。ビルア種から見れば、寄生体は異物、脅威だ。けれど寄生体から見たらビルア種は生きるために必用な素材になる。

……どこかに自分の置かれた状況に対するヒントや正解的なものがないか探り続ける。しかし寄生体について書かれたどの本を読んでも自分の求める答えはない。そもそも解決しようもないのだと気づいた。なぜなら、自分が「寄生体に恋をしている」という愚かな現状への救いを求めているからだ。解決策などないので、寄生体であるH3をその終わりの日まで、心をすり減らしながら見続けるという現実は、何も変わらなかった。

目覚めると、H3ももう目覚めただろうかと考える。朝食を食べながら、H3の今朝のメニューは確かパンだったなと思い出す。仕事に行きたくない。H3を見ていたくない。だけど辞められないので出勤する。通勤のエアバス、赤い髪をした他人を見かけただけで息を呑む。

職場に行けば本人がいて、話しかけられたら胸が苦しくなる。望みは、自分が叶えてやれる範囲だったら叶えてやりたいから、苦しいのにH3の声に耳をすませる。聞きたいのに、聞きたくない声。嬉しさと不安で、脳の中がバグをおこしそうだ。

終業時刻が近づくと、早く帰りたい、ここを離れたいと気が急(せ)く反面、もう少しここにいたいという矛盾を抱える。夕飯のメニューは好物だったから、美味(おい)しそうに食べる姿が見たいと思う。家に帰っても、H3は今、何をしているだろうと考える。H3が視聴しているドラマを、配信してやっている巻を見る。このシーンできっと笑っているだろうなと想像し、おかしくなる。H3のことばかり考えている。眠りにつくその寸前まで。

アリや博三と食事をしたり、遊んでいる間は忘れていることもある。そんな時もふと頭の中にH3の姿が浮かんで我にかえる。こうしている間も、命が刻まれていく男のことを思う。自分の中の感情を整理することも捨てることもできないまま、どうしようもない虚しさだけがじわじわと堆積していく。

『ベイビー、このドラマってロマンティックで面白いね』

H3に話しかけられ「楽しいなら、よかったよ」と返事をした直後、ドッと涙が出た。自分が情緒不安の塊になっているのがわかる。母親がわりに可愛がってくれたデリアの死の傷が癒えないままH3のカウントダウンがはじまり、不安と悲しみは地続きになったままで終わらない。

精神的に病みかけた一刑務官の姿が中央管理室のモニターにうつることはなく、運動、食事、睡眠と入力さえきちんとしていれば注意は受けない。囚人に入れあげてメンタルがぼろぼろになっているなんて誰にも言えない。守秘義務があるから、相談もできない。相手にまで迷惑をかける。それに話したところで「正気か?」「馬鹿馬鹿しい」と一笑されて終わるんだろう。

四月の最終日、H3の命が後一ヵ月を切ったその日、いつも「じゃ」と一言だけでサッサと帰っていくニライが、珍しく「夜勤帯に……」と申し送りを始めた。

「電気系統に不具合があって、H3の要望がこちらのモニターに表示されなかった」

少し前、自分の勤務帯でも同じことがあった。その時はプログラムのトラブルで、申し送りもしてある。

「今は改善しているが、夜勤で修繕を担当した者が専門ではなかったので、あくまで応急的なものだそうだ。昼間に専門の職員がきて再度調整するそうだが、また不具合がおこる可能性がある。今回は電気系統の配線の劣化が原因じゃないかってことだ。この刑務所も建ってからけっこう経っているからな。特にHナンバーでも最下層に近いここは地下水の影響も大きくて劣化が早い。今月と来月で空になる独房もあるし、それを機に改修するかもしれないって話だ」

話を終えると、ニライは帰っていった。空になる独房……それにはおそらくH3もカウントされている。H3の死を「空になる独房」という言葉で、初めて他人から語られた。もう散々思い知らされているのに、いきなりガードもなく未来を叩きつけられて、しばらく動悸がおさまらなかった。

H3の結末が近づいてくるのがただただ辛くて、ケインは現実にはおこりえない妄想に浸るようになった。H3があの肉体から弾き出され、潰されてこの世から消滅してしまう前に、ここから連れ出す。そして本物のヒースの丘をもう一度、見せてやるというものだ。そんなことができるわけもないし、やってしまったら自分は終わる。だけど希望の妄想に浸り、現実逃避することで、ほんの少しだけ気持ちが楽になった。

「おい、ケイン」

呼ばれる声に、意識がフッと戻ってくる。真正面に座っていたアリと目が合った。ザワザワと……それまで消えていた周囲のさざめきが耳に戻ってくる。

食事の後に入った、川沿いにある馴染みのバーのテラス席。夏の少し手前、暑すぎず気候のよいこの時期はテラス席が賑わっているが、ここは値段設定が高めなので、安酒で馬鹿騒ぎする輩も少なく、居心地がいい。

確かブロアとの新居を建てる云々とアリは話していた気がするが、途中から記憶がない。

「ちょっと考え事してた。ごめん、ごめん」

いつもなら隣に座る博三が「こいつ～！」と小突いてくるのに、それがない。

「お前、大丈夫か？」

博三がズズッと椅子をテーブルに引き寄せ、心配そうな表情で顔を覗き込んでくる。

「ここんとこずっと元気がないだろ。顔色も悪いしさ」

「大丈夫だって。体調が悪かったら、そもそも飲みになんて来てないし」

最近、アリと博三の誘いを断ることが多かった。楽しく食事をする気分になれなかったからだ。今日はアリに「相談があるんだけど」と言われ、それが自分を連れ出すための口実だと薄々わかってはいたものの、頑なに断ってばかりも心配させると気づき「行くよ」と頷いた。

乾いた柔かい風が、川から吹き上げてくる。エアカーの交通路が川を横切る形であり、車体のランプが点滅する様が綺麗だ。二十メートルほど先のカーポートに、エアカーが止まる。これまで見たことのない流線型のフォルムで、よく見るタイプよりも一回り大きい。最新式かもしれない。

「そういやアリ、エアカーを新しくするんだっけ」

博三に聞かれ「そうなんだよ」とアリは嬉しそうに目を細める。

「これから家族も増えるだろうし、もう少し大きいのがよくてさ。親も援助してくれるっていうし、今乗ってるヤツも下取りに出す予定なんだ」

博三がのけぞり「いいなぁ、金持ちは」と頭の後ろで指を組む。ホープタウンの人間にとって、エアカーは夢のまた夢。そして都市部の庶民にとっても、高価でおいそれと手を出せるものじゃない。エアポートの確保やこまめなメンテナンスなど、それなりに維持費もかかる。公共交通機関が充実しているので、エアバスを利用する人が圧倒的に多い。

「そうだ、俺のお古でよかったら買うか?」

アリの提案に、博三が「いくら?」と身を乗り出すも、値段を聞いて「高すぎ、ムリ、ムリ!」と首を横に振った。

「下取りでこれだけって業者に言われた金額から、友達価格で30%オフにしてあるぞ。俺も愛車をどこの誰かわからないヤツに乗られるより、友達が乗ってくれる方がいいからさ～」

「それでも高(たけ)ぇよ。貯金全部ツッコんでも足りないわ」

アリは「分割でもいいぞ～」としつこく博三に勧めていたが、急に「エアバイクはどうだ」

と路線変更した。

「エアバイクも処分しないといけないんだよ。ブロアにも危ないからやめろって言われててさ。エアカー買ってから、こっちはあまり乗ってなかったんだよな」

博三は「エアバイクかぁ〜」と乗り気ではない様子だ。

「エアバイクだと雨の日は乗れないじゃん。やっぱりエアカーだろ」

二人のやり取りをぼんやりと聞いているうちに、住んでいるアパートの屋上にエアカーとエアバイク用のカーポートがあったことを思い出した。まだ空きがあったので、申請すれば借りられる筈だ。

「俺、エアバイクに乗ってみようかな」

ケインの呟きに「お前、買ってくれるの！」とアリが勢いよく振り返る。

「エアバイクで遠出したら、気も晴れるかなと思ってさ。天気が良かったら、通勤にも使えるし。いくらだ？」

アリの提示した金額は、想像していたよりも安かった。それでも貯金の四分の一が消える計算になる。エアカーの値段を聞いていたので、安く感じるだけかもしれない。さっさと手放そうとしている風だったのに「お前に売るけど、たまには俺にも乗らせてくれよ」とアリは未練がましかった。

学生時代、いずれ何かの役に立つかもとエアカーとエアバイクの運転免許証は取ってある。

アリが明日にでも書類を作り、譲渡申請をするというので、週末にアリ宅までバイクを引き取りに行くことになった。

もう一軒行こうという二人に「ちょっと疲れたから」と言い訳して別れ、アパートに帰る。タクシーでもよかったが、今後の出費を考えてエアバスにした。通勤時間からは外れているが客が多く席がないので、通路に立つ。車窓に痩せて貧相な顔の男がうつり、具合が悪そうだなと思っていたら自分の顔でギョッとする。

エアバイクなんて中古でも高額なものを、衝動的に買うと決めた。普段の自分だったら、まずそんなことはしない。いつもと違う行動にでたのは、逃亡に使えるからだ。H3を独房から連れ出した時、バイクなら後ろに乗せて逃げられるし、車よりも小回りも利く。そう考えたら、欲しくて仕方なくなった。

妄想が現実になることはないのに、意味のない計画をたてる。例えば刑務所内が急な停電になったとする。電気系統の不具合が続いているし、地下階は特に被害を受ける可能性が高い。電気系統がやられると、モニターや機械は全て動かなくなる。もちろんエレベーターも。地下階は真の闇になる。とはいえ、すぐに非常用電源が稼働するから、電気が復旧するまでに五分もかからないだろう。その間に地下階段を駆け上り、刑務所の建物を出て、カーポートにとめてあるエアバイクにH3を乗せて……考えているうちに、アパートの最寄りのバス停が近づいてきた。

バスを下車して、家に向かう。歩いて五分、アパートが見えてきたところでフォーンに着信がある。美和（みわ）からだ。

『こんな時間にごめん。近くにいるの。少し話をしたいんだけどダメかな』

……フォーンで改めて時刻を確かめる。もう夜の十時半を過ぎていた。

美和は近くにある深夜営業のカフェにいた。ケインのアパートは住宅街にあるので、周辺の店は比較的早く閉まってしまうが、そのカフェは若い世代を中心に席が八割近く埋（う）まっている。美和は窓際の二人席にいた。シャツにジーンズ姿で、長い髪は後ろでひとまとめにされている。向かいに腰かけると「急にごめんね」と申し訳なさそうに謝ってきた。

「別にいいけど、急にどうしたんだよ?」

注文を取りに来たウエイターにミルクティーを頼む。美和が「紅茶なの?」と首を傾（かし）げた。

「家ではそっちかな」

「いつも珈琲（コーヒー）を飲んでるじゃない」

「あれは……」

イメージだ。ホープタウン育ちの自分は、都市部の人間と一般常識が違う。明らかなマナー違反と、上手く外してやっていることの区別がつかない。都市部に住む男は珈琲を好む割合が多い気がして、ずっとそれに倣っていた。

今はそういう微妙な感覚も上手く使い分けられるようになったが、最初に「珈琲を飲む自分」と設定してしまったせいで、アリと博三といる時は珈琲を頼む。けれど自分の性癖を知っている美和なら、取り繕う必要もないだろうとつい素が出てしまった。

「紅茶も好きなんだよ。それはいいとして、俺に話したいことって何なの？」

美和は「うん、まあ」とマグカップの珈琲に視線を落とす。何か言いたげなのに、なかなか切り出さない。待っているうちに、ケインが頼んだミルクティーが運ばれてきた。

「姉の仕事先の人に、付き合ってほしいって言われたの。好きなタイプだし、とても優しい人」

頭の中を博三の顔が過る。先に知り合ったのは奴だったとしても、これぱっかりは仕方ない。恋愛は出会った後先が問題じゃないからだ。

「じゃ、付き合うの？」

「迷ってる。私、まだあなたのことが好きな気がするから」

カップを取り落としそうになり、ケインは慌てて受け皿の上に戻した。わかりやすい動揺を目撃した美和が、苦笑いする。

「心配しないで。あなたにその気がないのはわかってる。おそらく、完璧にね。ただこの気持ちの残り香みたいなものに、どう決着をつければいいのかわからないだけ」

頬づえをつき、美和はフウッとため息をつく。

「俺にさ、何かできることってあるのかな」

「それなの」

美和がこちらを指さした。

「色々考えたんだけど、最低最悪なことをして、一度私を幻滅させてくれない？」

「お前、無茶苦茶言うな」

美和は「ジョークだから」と小さく声をたてて笑う。隣の席の男性と、一瞬目が合った。事情を知らない他人が自分たちを見たら、カップルだと思うかもしれない。

ありえないことだけど、もし美和と恋愛関係が築けていたら状況は違っていたんだろうか。

H3への、どうにかしてやりたいという気持ちはなくならなくても、これほど肩入れはしなかったかもしれない。

「俺もお前のことを好きになれてたらな」

本音だったが、美和の表情が強張った。テーブルの上に置いた細い指先がクッと握り締められる。

「ごめん……無神経だった」

「本当にそう。まだ好きかもって未練がましい人間の前で、期待させて絶望させるようなこと言わないで」

ごめん、ともう一度謝る。美和は怒った顔をしていたが、次第にそれも薄れて、またため息をついた。二人、無言でカップに口をつける。目の前にいるのは美和なのに、H3の顔が頭に浮かぶ。この時間だと、そろそろ寝る前の準備かなと考える。自分の脳は、もうその大半がH3に支配されている。

「……例えばの話なんだけどさ、好きな相手のためだったら、今の生活を捨ててもいいと思う？」

美和は考え込み「状況によるかな」と腕組みする。

「自分の持っているものを全て捨てたら、一週間……二週間かな、一緒にいられるとしたらどう？」

ないわ、と美和は即答した。

「こっちの負担が大きい割に、リターンが少ないもの。無理」

その考え方は一般的だろう。半年前、同じ質問をされたら自分も同じように答えていたに違いない。これまでの努力を、獲得してきたものをゼロにすることなんてできない。

「けど恋愛に夢中になって、人生台無しにしちゃう人っていうのは一定数いるのよね。痴情のもつれで殺傷沙汰とか、たまにニュースになるじゃない」

そうだな、と相槌を打つ。結局、美和は告白してきた相手と付き合うとも付き合わないとも結論を出せず、一時間ほど他愛もない話をして帰って行った。ケインもアパートに戻ったが、何だか酷く疲れてしまって、服も着替えずにベッドへ倒れ込んだ。今日は少し喋り過ぎたかもしれない。

赤毛のビルア種の見た目をしたＨ３。いっそＨ３が極悪人で終身刑なら、割り切れたかもしれない。最後まで、独房の外からその男に寄り添うこともできただろう。けれどＨ３は死ぬのだ。覚悟もさせてもらえず、ある日突然に。それを残酷だと思う感情は消えない。とはいえ、見ているだけの自分は何もできない。

本人すら自覚なく死へ向かう男。そんな男に対するやるせない感情を、ケイン自身もどう処理すればいいのかわからなかった。


アリから中古のエアバイクを購入してすぐ、バイク通勤に切り替えた。気候がいいので、晴れた日に風を受けて走ると気分転換になる。そしていつでもＨ３を連れて逃げられるよう、燃料は常に限界まで蓄（たくわ）えておいた。

Ｈ３は全裸なので、そのままだと外を歩けない。ケインは制服の下に薄いシャツと短パンを着込み、独房の執務室で脱いで袋に入れ、椅子の底面（ていめん）に貼り付けた。

痩せていたので、服を着込んでも見た目は全く変わらなかった。袋は細く折りたたんで制服のウエストあたりにしこみ、テープは使用分だけベルト裏に貼りつければ、問題なく持ち込めた。

Ｈ３を連れて逃げるには、きっと体力がいる。痩せていちゃだめだ。そう気づいてからは、意図的に食事量を増やした。食欲がないので苦行だったし、なかなか体重は増えなかったが「顔色が悪い」と言われることはなくなった。

不思議なのは、自らの命があと三ヵ月もないと知っているはずなのに……実際はもう一ヵ月を切っているが……Ｈ３が日に日に明るく元気になっていくことだ。それは、自分で言うのも間抜けだが、顔も見ぬ刑務官に恋をして浮かれているからとしか思えなかった。

遊び事のような脱出準備を進めながら、考える。もし自分の勤務時間帯に停電がおこり、Ｈ３をここから連れ出せる唯一のチャンスが巡ってきたとして、自分は本当にそれを実行できるんだろうか。全てを捨てて、もう数週間もこの世にいられない、実体すらない存在にそれまでの人生を捧げられるのかと。

わからない。本当にわからない。唯一無二のチャンスがきても、結局、自分はここから動けないかもしれない。自分の生活を、人生を守るため、停電が過ぎるのをじっと待つだけかもしれない。そして停電が復旧したあと、自分が動かなかったことを猛烈に後悔しつつ、安堵するのかもしれなかった。

午前零時過ぎ、仮眠しようにも眠れないので、執務室のパネルを徒に操作しているうちに、五月分のカレンダーが浮かび上がった。十二ヵ月表示に切り替えると、表示されるのは一月から五月まで。全表示では、Ｈ３がここに収監されてからの全ての年度が表示されるが、やっぱり今年の五月までしかない。五月の末日にフェードアウトを迎えるＨ３は、それ以上の日付は必要ないから表示もされない。

今日は夜勤なので、出勤したのは夕方。日は随分と西に傾いていた。道路脇の街路樹は先々週まで白い花を咲かせていたのに、今は青々とした葉を繁らせている。

昂ぶったり、落ち込んだり、荒波のようなケインの感情とは裏腹に、停電という奇蹟がおきることもなく、Ｈ３の終わりに向かう日常は淡々と過ぎていく。

午後十一時過ぎ、Ｈ３は『お休み、ベイビー』と挨拶をしてからベッドに入った。それから五分もせぬうちに、スウスウと気持ちよさそうな寝息が音声モニター越しに響いてくる。

ベッドの傍まで椅子を持ってゆき、Ｈ３の寝顔を見つめた。房は夜になると灯りを落とす。暗くなるがそのかわりに今度は可視化ライトが房内に照射される。明るくはないので本人は気づいていないだろうが、執務室や中央管理室からは昼間におとらずはっきりと中の様子が見える。

Ｈ３のくったりと垂れ下がった犬耳は、時折ピクピクと震えた。シーツの横からはみ出した赤毛の尻尾が、ゆら、ゆらと緩慢に左右に揺れ、小さく開いた口元から、カチカチと歯の鳴る音が聞こえる。

「……お前、夢の中で何を食ってるんだ？」

話しかけた途端、ドッと涙が出てきた。椅子から立ちあがってH３から距離を取り、房に背中を向ける。この男が「死ぬ」まであとまだ数日あるのに、この調子だとまずい。もう少し離れて、もっと客観的にならないと、最後まで心がもたないかもしれない。

気持ちを落ちつけようと胸を押さえ、何度も何度も深呼吸する。そうしているうちに「ウオオオーン、ウオオオオーン」と暴力的な音量の緊急サイレンが鳴り響き、息を呑んだ。

『Cアラート　青H—23　応援』

サイレンに続き、緊急放送がある。Cアラートは『受刑者の暴動』だ。一気に心拍数があがる。就職してから、非常事態アラームが鳴ったのは今回で三度目。前の二回は昼間で、自分のいたエリアではなかったし、そのカラーエリアで押さえ込めたので、状況のアナウンスだけだった。今回のように、他エリアからのヘルプ要請は初めてだ。しかも地下階の刑務官まで召集している。夜勤帯なので人手不足なのか、それとも大規模な暴動か……とにかく駆けつけないといけない。独房の中に、緊急時のサイレンは響かない。なのでシーツの中のH３はピクリとも動いていなかった。

ケインはエレベーターに駆け寄った。今、H１まで下っているのでちょうどいい。H３は深いので、非常階段を上るよりもエレベーターの方がきっと早い。

数秒でエレベーターの扉が開く。すでにH１とH２の担当刑務官が乗り込んでいて、厳しい表情をしていた。Ｈ５までは各階の担当刑務官が乗ってきたが、Ｈ６以上は止まらなかったので、非常階段を使ったんだろう。

エレベーターが地上階に着き、扉が開くと同時に、中にいた全員が飛び出して青エリアのＨ―23を目指して走り出す。ケインは先陣を切って向かった。

青のエリアでは、ナンバー毎に六人の受刑者が一つの房で暮らしている。ベッドと机、椅子のある小さなオープンドアの個室が各自に割り当てられ、六人で一つのリビングを共有する形で生活している。

駆けつけると、青のＨ―23エリアの一番手前の房で、受刑者六人が取っ組み合って暴れていた。しかも刑務官が一人、房の中に引き込まれ、タオルを首に巻かれている。囚人に捕らわれた刑務官はケインの同期のルバッカだった。

ぐったりしたルバッカの上に馬乗りになった一人の受刑者が、タオルの両端を摑み「言うことを聞け！　聞かなかったらこいつを絞め殺すぞ！」と怒鳴る。房内の刑務官にもしものことがあってはいけないので、暴動時の常套手段である催眠剤が使えない。地上階の他のエリアの刑務官は、震えながら「刑務官を解放しろ」と何度も叫んでいる。

冷静に状況を見ると、問題は刑務官を拘束している受刑者一人で、残りは受刑者同士で喧嘩しているだけだ。

地下エレベーターで乗り合わせた、四十代かと思われるＨの一桁エリアの刑務官が、全身シールド装置を作動させて房内に飛び込んだ。一人じゃ厳しいだろうと判断し、ケインも続く。丸腰でビーム銃と向かい合っているわけでもないし、防御具である全身シールドがあるので恐怖はない。

ルバッカを拘束する受刑者に二人で飛びかかる。刑務官を渡したら催眠剤が使われるとわかっているのか、受刑者はルバッカにしがみついて離そうとしない。とっくみあいの末、四十代の刑務官がルバッカを房の外へと連れ出した。

すると人質を奪われた受刑者は、今度はケインに狙いを定め、足を掴んで房の中に引き止めようとした。それを蹴り飛ばし、外へ転がり出ると同時に「ロックダウン」とケインは叫んだ。ドアが密閉され、催眠剤の散布がはじまる。囚人たちは顔を覆って抵抗していたが、そのうち一人、一人と床にうずくまっていった。一度眠らせてしまえば、後は一人ずつ独房に収容すればいい。

監視している囚人にこんな目にあわされるとは思わなかったんだろう、房に引きずり込まれたルバッカは、顔面蒼白のままガタガタと震えている。シールドをかけ、最初に房内に飛び込んだ地下層の刑務官は、そんなルバッカを「いい迷惑だ」と言わんばかりの冷ややかな目で見下ろしている。

「シールドをかければ、最悪でも殺されることはない。なぜ使わなかった?」

誰かの問いかけに「制帽をかぶるの、忘れてて……」とルバッカは言い訳する。シールド発生装置である制帽は、常時着用が義務づけられているが、夜勤なので油断していたんだろう。ケインも独房担当なので普段は着用していないが、もしもの時のために制服のズボンに引っかけてある。着用しなくとも、携帯するぐらいの用心は必要だ。誰かが、これ見よがしに舌打ちする。途端、不注意なルバッカは泣きそうな顔になった。

『Cアラート解除　解散』

アナウンスが流れ、地下階の刑務官はぞろぞろと引き上げていく。地上階の他のエリアの刑務官は、青エリアの夜勤が中心になって、眠った囚人の隔離（かくり）を始めた。けれど担当であるルバッカは、震えて動けない。……周りから捨て置かれている。

その状態を見かねて、ケインはルバッカを抱えるようにして立たせた。青エリアを出て救護室につれていく。青エリアの休憩室でもよかったが「あの房からできるだけ遠くへいきたい」とルバッカが言うので、仕方なかった。

救護室は鍵がかかっていて、隣にある中央管理室の夜勤担当者に聞いてみた。担当者は中年女性で、名札には「エリー」とあった。「夜間は各エリアの休憩室があるので、救護室は閉めているのよ」と教えてくれる。事情を話すと「しばらくここで休んでいく？」と中央管理室の控え室を指さした。モニターで騒動を見ていたらしく「あんな大暴動、久しぶりよ。大変だったわね」と慰（なぐさ）められ、ルバッカは大泣きし「おぐっ、おぐっ」とえずき始めた。

「ああ、大変」

エリーが慌てて袋を持ってきて、ルバッカに手渡した。吐きながら泣いている男の背中をそっとさすってやっている。優しい女性だ。しかしエリーにも本来の仕事があるわけで、いつまでも面倒を見させるわけにはいかない。自分もそうだ。

刑務官、受刑者を問わず、夜間に具合が悪くなった者は、いつでも遠隔（えんかく）で医師の診察がうけられる。そこまでではないが気になるという場合は、夜勤帯で一人は医療補助の資格を持つ刑務官が組み込まれるので、頼めば診てもらえる。

「医療刑務官に連絡しようか？」

ケインが提案しても、ルバッカは「嫌だ」と首を横に振る。

「知らないうちに、どこか怪我しているかもしれないし」

頭でも打ち、吐き気はその影響ではないかと心配してのことだが、ルバッカは「いいって言ってるだろ！」と怒鳴りながら、涙を流した。ルバッカは配属された際、世界政府の採用試験でトップ10に入っていたと噂になっていた。確かに頭はよかったが、プライドも人一倍高かった。房内に引き入れられるなど迂闊（うかつ）だったし、それを下に見ていた同期に助けられたことで、プライドが傷ついたんだろうか。

「あなた、そんなこと言わずに医療刑務官に診てもらったら？」

エリーに勧められても、ルバッカは「でも、でも」とぐずる。エリーに任せっぱなしのわけにもいかないし、自分も持ち場を放棄したままになっている。困ったな……とケインはモニターに視線を移した。以前、プログラムの不具合でここに来たことがあるので、どのモニターがH3を映しているのかは知っている。H3は自分が出たとき同様、眠っていた。

何気なく周囲を見渡していたケインは、気づいた。モニターの手前にずらりと並ぶタッチパネル、その右端に、H1、H2とナンバーの入ったスイッチが見える。個々のスイッチの上には「main」の文字。白、赤、青……と他の房のメインスイッチらしきものもある。

……このメインスイッチを切ったら、いったいどうなるんだろう。明かりが落ちるのは当然として、警報スイッチも鳴らなくなるんじゃないだろうか。いや、冷静になれ。そんなことしたら自分は終わる。失職するぐらいならまだましで、罪を問われて投獄されるかもしれない。

「あなた、本当に診てもらったら？　何もなかったなら、何もないでいいんだし」

エリーはルバッカを根気強く説得してくれている。こちらは見ていない。それをしちゃ駄目だ、駄目だけど……今この瞬間が、間違いなくH3を自由にできる最初で最後のチャンスだ。

ケインはパネルに近付いた。システムのことはわからない。だからこのメインスイッチらしきものをオフにして本当に電源が切れるのかは知らない。メインスイッチが切れるなど通常はありえないのでアラームが鳴るかもしれない。

……じゃあ、全体のアラームも切ればいいんじゃないか。そういえば前、システムエラーが出た時に、アラームが頻繁に鳴って職員が操作しているのを見た。……覚えている。右端のスイッチを押したあとに、アラームのスイッチを続けて押していた。

できる。自分は、操作することができる。けど、間違っているかもしれない。もし誤った操作で、逆にアラームが鳴るとか警告音が出たら諦める。今なら「よろけてうっかり操作盤に触ってしまった」と言い訳できる。多分。

ドク、ドクと心臓の音がうるさい。位置を確かめ、ルバッカとエリーを見たまま、後ろ手にそっと右端にあるアラームのスイッチを押した。異常音はしない。続けてＨ３のスイッチを押した。唾(つば)を飲み込むゴクリという音が、耳につく。

……一分ほど待ったが、アラームは鳴らない。Ｈ３のモニターを見ると、画面は真っ暗になっていた。電源が落ちている。しかし夜なので、ところどころ薄暗いモニターがあり、Ｈ３のモニターが消えていてもあまり目立たない。

「すみません、俺は持ち場に戻ってもいいでしょうか」

声をかける。エリーは「ええ」と答えてくれるが、うなだれたルバッカにつきっきりで、こちらを見ない。ケインはゆっくりと中央管理室を出て、ドアを閉めると同時に走った。廊下は静まりかえり、誰もいないのでだだっ広く感じる。

地下階に続くエレベーターに乗り込み、No.３を押すもランプがつかない。あれは階層毎(ごと)のメインスイッチになっていて、電源が切れるとエレベーターも停まらなくなるということかもしれない。

仕方ないのでエレベーターを出て非常階段の扉に向かった。網膜認証(もうまくにんしょう)でロックを外し、扉を開ける。地下へ続く、成人がやっと行き違えるという幅しかない階段が、薄暗い明かりにぼうっと浮かび上がる。そこを全速力で駆け下りた。もう言い訳はできない。後戻りという選択肢が消えた途端、楽になった。自分は逃げる。H3と共に、逃げる。あの男を自由にする。今、そう決めた。

途中にいくつか扉があり「7」「5」とナンバーが打たれていたので、H3フロアと同じ造りであれば、その階の廊下と繋がっているんだろう。

ようやく3ナンバーの扉までやってくる。ドアを押して中へ入ると、そこは真っ暗だった。背後の扉が閉まると真の闇。とても静かで、聞こえるのは自分の呼吸音のみ。闇が過ぎて、歩くことすらできない。ケインはネームプレートに内蔵された、非常用ライトのスイッチをいれた。それでようやく廊下が見えるようになる。

執務室まで走る。カツカツと足音が大きく響く。椅子の底面に隠してあった袋をむしり取り、独房のシャワールーム側まで回ると、壁に手をあてた。非常事態で電源が落ちた際は、ここが手動で操作できる扉になる。普段はびくともしないそれが、少し押しただけで音もなくすっと内側に入った。

……許可もなく電源を切り、独房を開けた。この瞬間、全てを失うことが確定した。それなのに、気分は高揚している。H3に会える。ガラス越しではなく生身のH3にやっと会える。

独房に足を踏み入れ、寝室へ走り込む。ベッドの上、シーツがなだらかな山の形に盛り上がっている。近付くと薄暗いライトの向こう、シーツに半分埋もれた顔が見えた。燃えるような赤い髪に、力なくうなだれた犬耳。赤く長い睫毛に、柔らかそうな瞼。愛おしさでため息が漏れるも、その感激に浸っている時間はない。シーツの上から乱暴にその体を揺さぶった。

「んんっ……んっ……」

寝起きが悪いのは知っているが、今は優しく起こしてやれない。勢いよくそのシーツをはぎ取った。非常用ライトがあたって眩しかったのか、H3は「なに……なに……なんなの……」と横になったまま両腕で目を覆った。

「非常事態だ。起きて服を着ろ！」

「……ひじょう……じたい？」

「早くしろ！」

ようやくベッドの上で起き上がる。寝ぼけ顔だが、どうやら大変なことがおこっているらしいというのは理解したらしく、服を手渡すと薄いTシャツと短パンを身につけた。

「後についてこい」

「……はい」

ケインは駆け出した。シャワールームの横から独房を出て、外廊下を二分の一周し、非常階段へ続く扉を開ける。

「こっちだ」

足音ですぐ後ろをついてきているのはわかっていたので、振り返らなかった。ここからは、地上階まで延々と薄暗い階段が続く。できるだけ早く登り切って、地上階へ。まだ誰もＨ３フロアのメイン電源が、全体のアラームが切られたことに気づいていない。気づいていたら、すぐさまアラームが大音量で鳴り響き、それはこの地下階段でも聞こえるんだろう。

Ｈ５フロアまで上がったところで、後ろの気配を遠く感じた。振り返ると、Ｈ３は半階分ほど遅れ、俯き加減にゼイゼイと息を切らしている。運動をしていても室内だけ。階段を駆け上がるのはキツいのかもしれない。普段なら何時間でも待ってやるが、今は一秒も余裕はない。

「急げ！」

きつく声をかける。Ｈ３は「はっ、はい」とビクンと震え、足が少しだけ速くなった。

階段を上りながら考える。本当に脱獄するなんて思わなかった。けれどメイン電源を切り、独房のＨ３を連れ出して非常階段を駆け上っているのが現実だ。誰にも気づかれずに刑務所の外へ出たい。エアバイクである程度ここから離れることができたら、逃げられる。……あと一週間ほど、Ｈ３が生きていられる間だけ捕まらなければそれでいい。その後なら、自分はどうなってもいい。何年も何年も閉鎖的な空間で暮らしていたＨ３。最後の数日ぐらい、自由にしてやりたい。本物のヒースの丘に連れて行ってやりたい。

ようやく地上階の扉の前までやってくる。Ｈ３はケインよりちょうど一階分遅れてあがってきて、扉の前で四つんばいになってハアハアと荒い息をついた。時計を見ると中央管理室を出てから十五分ほど経っている。

H3の白過ぎる素足が目に入る。背は高いが、足のサイズはそう大きくはない。自分と同じぐらいか。

「これを履け」

靴を脱ぎ、差し出す。H3は「えっ」と顔を上げ、ケインを見上げた。「早くしろ！」と声を荒げると、もたもたと靴に両足を突っ込む。

非常階段を出るには、網膜認証が必要だ。自分はいけるが、H3は認証されない。けれどアラームはオフにしてある。登録外人物の通行を感知しても、警報音は鳴らない筈だ。

「俺の後について廊下に出ろ。そしてすぐに走れ」

「はっ、はい」

ケインは非常階段のドアを開けた。左右を見たが、人影はない。それを確かめてから、H3の腕を掴み、弾丸のように走り出した。天井にある監視カメラの端で赤いランプが点滅しているが、アラームは鳴らない。

色分けされたHエリアの廊下を出て、一般エリアに入る。中央管理室の前を過ぎ、更衣室の脇を抜ける。夜間なので、灯りは最小限に絞られていて、掃除がよく行き届いた床には二つの影が映っている。自分の足音と、少し遅れてカッ、カッとついてくるH3の足音しか聞こえない。

正面入り口のエントランスが見えてくる。あそこを出て右にゆけばエアバイクを置いてあるエアカーポートがある。もう少しだ。外へ出れば、自由がある。H3は自由になれる。ハアハアと荒い息をついているが、H3はちゃんとついてきている。

「おい」

エントランスの手前、奥まった場所から声が聞こえてギョッとした。薄暗い灯りの下、ルバッカの姿が見える。青エリアに戻ったかと思っていたのに、こんな場所にいるなんて予想外だった。

「お前、何をしてるんだ?」

見つかった。全身にぶわっと冷や汗が浮かぶ。通報されるのはもう時間の問題。ケインは呼びかけを無視して走った。

「おい、ケインの後ろの奴、お前は誰だ!」

ルバッカがH3に気づいた。H3が「えっ」と足を止めたのがわかり「いいから走れ! ついてこい」とケインは手を強く引き、怒鳴った。

H3が再び走り出す。「いったい何なんだよっ」と怒鳴るルバッカの声を背に、玄関を出た。エアカーポートまであともう少しだ。自分のエアバイクに駆け寄り、指紋認証でロックを解除する。俯き加減にハアハアと荒い息をつくH3の首に、エアバイクに収納していたヘルメット端子(たんし)をつける。起動させると、ブオンという音と共にH3の頭が透明の硬化物質で保護された。

「後ろに乗れ」

Ｈ３は「えっ、こっ、これ？」と何度も瞬きする。

「早く！」

「あっ、はい」

ケインがエアバイクに乗ると、Ｈ３はタンデムシートにおずおずと跨がってきた。それを確かめてからエンジンをかける。急上昇させたので、バイクが大きく揺れた。怖かったのか、Ｈ３は「ひいっ」と声を上げてケインの腰に抱きついた。

背中に感じる質感。熱。人の気配だ。たとえ実体はなくても、Ｈ３はこの肉体の中で生きている。さあ、行こう。たった一週間ぽっちだけど、本当に自由な世界へ。

刑務所の敷地内を出た途端、かつて聞いたことがないほど凄まじい音量で警報が鳴り始めた。ルバッカが誰かに知らせたのかもしれない。けどまだ、逃げ切れる可能性は残っている。それにもう、ここまで来たら引き返せないし、引き返すつもりはない。

ケインはエアバイクの高度を上げ、速度をマックスに設定した。エアヘルメットが一人分しかなかったので、自分はつけていない。なので風圧がすごい。……懐かしい感覚だ。

ホープタウンでは、自家用のエアカーを乗り回しているのはギャングや麻薬の売人など金回りのいいほんの一部の人間だけだったが、エアバイクなら所有している輩がちらほらいた。母親の恋人でエアバイク持ちがいて、後ろに乗せてもらったことがある。ホープタウンでは誰もヘルメットなんかしなかったので、もちろんケインもしてなくて、強い風と圧に大興奮した。今はメットなしは怖いが、仕方ない。それにいざとなったら、全身シールドを起動させる。あれならバイクから弾き飛ばされても多分、死ぬことはない。

早く都市部を出たい。隣の地区との境を封鎖されたら厄介だ。封鎖前に抜け出して、北へ行く。エアバイクだったら、燃料さえもてば、四時間ほどで着くとわかっている。その頃には夜が明ける。たとえ捕まってしまうとしてもそれまでの間に、一日でもいいから……。

ウオオオーンという爆音が、背後から一気に近づいてくる。あれはエアパトカーのサイレンだ。ケインはゴクンと唾を飲み込んだ。エアパトカーは、エアバイクの比にならないほどスピードが出る。まずい、まずい、あっという間に追いつかれる……と焦っているうちに「そこのエアバイク、止まりなさい！」とアナウンスが聞こえた。

止まれるわけがない。止まったら終わりだ。無視していると、エアパトカーが自分たちを追い越して、先に回り込んできた。ケインはナビをオフにし、運転を手動に切り替えた。高度を下げ、徐々に減速し、止まるとみせかけてエアパトカーも減速してきたところで、90度ほど方向転換し、再び速度を上げた。

逃げるには、都市部の管理外の場所に行くしかない。例えばホープタウンとか。この状況だと、都市部を出る前に捕まる。その前にエアパトカーを撒かないといけない。

人の身長よりもやや高いぐらいの低い高度で、建物の間の路地を走り抜ける。昼間なら危険

だが、夜中で人がいないのでやれる。エアパトカーが入れない細い路地を、右に左に蛇のようにくねくねと曲がりながら走る。スピードが出ている上に手動なので、建物の壁にぶつからないかひやひやする。

　エアパトカーは上空から追ってきている。空から押さえつけられている状態で、上昇できない。エアバイクを捨てて人だけで物陰に隠れたらやり過ごせるかもしれないが、どうしても行きたい場所がある。だからバイクはギリギリまで手放したくない。

　このまま路地を縫って走り、何とか逃げ切れればと淡い期待を抱いた瞬間、すぐ傍でウオーンとサイレンが聞こえた。バックミラーにエアバイクの警察隊が見える。エアカーの入れない路地を走るというメリットも潰される。まずい、捕まる。

　高度を上げようにも、上にはエアパトカーがいる。そして前方からもエアバイクが近付いてきた。上と前後から挟み撃ちにされた。左へ曲がったが、そこもエアバイクが横になり通路を塞いでいる。周囲を囲まれて、とうとう逃げ場がなくなった。

　もう無理だ。頭でわかっていても、諦めきれない。せっかくあの独房を抜け出したのだ。ケインはエアバイクを地上に停車させた。後ろに座っていたＨ３の手を掴み、全速力で走る。エアバイクも入れない細い路地に飛び込む。どこでもいいから店に入る。パブでもクラブでも、いっそ風俗店でもいい。そこで警察を撒いて……。

「止まれ！　止まれ」

警察官が追い掛けてくる。

「止まらないと、撃つぞ！」

止まれない。止まったら捕まってしまう。摑んでいるH3の手を、強く握り締める。逃げないと、逃げ切らないと、H3はまたあの独房に逆戻りして、死を待つだけになる。

パシュッとビーム音が響き、右足の太股にズシンと衝撃があった。ちぎれ飛んだんじゃないか、それぐらい猛烈な痛みが走る。右足をついたが、力が入らなくて踏み込めず前向きにドッと倒れ、したたかに顔をうちつける。

H3と繋いでいた手は、いつの間にか離れている。どこだ、H3はどこへ行った……探って右手を彷徨わせているうちに、沢山の靴音に周囲を取り囲まれた。いくつもの手が倒れている自分を、抵抗していないのに、地面に埋め込もうとするかのように乱暴に押さえつける。そうして身じろぎもできない状態で、腕を背後に回される。手首の感触で、エア手錠がかけられたのがわかった。その瞬間、終わったとわかった。全部、終わったんだと。

顔を上げる。自分から遠くに引き離されたH3が、警察官にエアヘルメットを外されている。後ろ姿で、顔は見えない。その背中に、ケインは『ごめんな』と心の中で話しかけた。

この世界から消える前に、一日だけでもヒースの丘を見せてやりたかった。今は新緑の季節だから、前に見た景色と同じ光景をきっと見られたはずだ。……自分とH3の間に、何人もの人の壁ができる。もうH3は見えない。

右足だけが、やけに生暖かい。濡れている。撃ち抜かれた場所から、ドクドクと血が溢れているのが見えた。視界がぼやけ、夜より濃い闇が目の前を覆っていく。ふうっと意識が遠くなる狭間、H3に自分の名前を告げなかったと気づいた。あの甘ったれた声で、一度でいいから名前を呼ばれたかった。

それももう叶わない。警察官の怒鳴り声だけは最後まで聞こえていたが、それもふっつり途切れてケインの意識は深く落ちていった。

起き上がったのは、午前七時過ぎ。その少し前から目覚めてはいたが、シーツの中が心地よくてケインはぐずぐずしていた。朝食を知らせるアラームで観念してベッドから起きだし、大きな欠伸をする。

パジャマのまま過ごしても注意を受けるわけではないが、けじめとして服は着替えた。緑色で作業着のようなデザイン、いかにも受刑者然とした服に。身支度を調え、右足を引きずりながら隣の部屋に行く。テーブルの上には既に朝食が準備されていた。

ここの食事が美味いか不味いかと聞かれたら、おそらくかなり不味い。幼い頃、腹が減れば毒以外何でも口にしてきた自分は、不味さにも耐性があるのか味が気にならない。もちろん美味しいものは大好きだが、不味くても食べる。完食して部屋を出た途端、テーブルは地下に吸い込まれる。そして歩けば十五秒で一周できる狭い独房の中、長い長い一日が今日もはじまる。

そういえば動画のシリーズ物、最終回が視聴途中だった。リビングエリアに移動し、最後まで視聴する。面白くない。だから最終回にもかかわらず、途中で見るのをやめていたんだったと思い出す。

これで全て見てしまったので、新しい動画視聴をリクエストする。今日の刑務官は真面目なのか、五分もせぬうちに新しい動画が視聴可能になった。

クレジットを見ると、去年放送されたアメリカ地区の恋愛ドラマだ。テレビ業界を舞台にしたコメディで、トップスター役でビルア種の俳優が出てきた。思わず息を呑む。金色の犬耳に、金色の尻尾。青い瞳が印象的な美しい男だ。

自分は、受刑者に恋をした。正確に言うと、美しいビルア種に寄生した「Oという精神体」に。その精神体が死んでしまう一週間ほど前に、精神体が寄生していたビルア種を脱獄させた。素人が考えた、ほぼ突発的な脱獄が上手くいくわけもなく、すぐに捕まった。結局、受刑者を脱獄させ、エアバイクに乗せて外を三十分ほど連れ回しただけになった。逃亡の際、ケインは右足を撃たれ、連行される前に気を失い、目覚めた時は窓に鉄格子が入った警察病院に入院していた。点滴が外れるとすぐに移送され、北アラスカ刑務所に収監。ここで過ごし始めて、もうすぐ一年になる。場所は知らされなかったが、移送の際に窓からチラリと氷河が見えた。刑務所の近くに氷河があるのはアラスカ地区だけ。そしてアラスカ地区は、重犯罪者が多く集まることで知られていた。

この部屋に窓はない。刑務官の姿は見えないし、声も聞こえない。要望があれば、壁面のタッチパネルに入力すれば刑務官に伝わるが、全てが叶えられるわけではない。奇しくも独房に閉じ込められていたＨ３と同じ状況に今、身を置いている。

警察病院で取り調べはあったが、一度だけ。正式な裁判もないままここに収監されている。罪状や服役期間について説明がないので、自分がどれだけの間、ここで過ごすことになるのか知らない。所謂、収容という名の監禁だった。

そういえばＨ３も裁判もなく収監されていた。絶滅したとされていた存在、名前も肉体もない精神体に罪名をつけることはできないし、寄生されていた相手の特異性からやむをえないと思っていたが、そういう特別な理由がなくても、世界政府や権力者に都合の悪い人間はこうやって、ひっそり隔離されているのかもしれない。

自分はホープタウン出身で親類縁者もいないから、扱いやすかっただろう。ホープタウンだったら、秒で殺されてバレクワ川に放り込まれていたと思うので、都市部は殺されないだけましなのかもしれない。

ここではニュース的なものは一切与えられないので、刑務官が囚人を脱獄させるという前代未聞のスキャンダルがどうやって報道されたのか、それとも秘密裏に処理されたのかわからない。気になるが、知る術もない。そして無理に知らなくてもいい。一生ここに閉じ込められ、老い、朽ち果てていく覚悟はもうできている。

実体のない男のために、人生を棒に振った。よくよく考えたら、男で人生を狂わせた自分は、行き着くところ母親と同類なのかもしれない。それでも後悔はない。やらずに後悔するより、やって後悔する方がいい。その馬鹿げた行為の責任は取る。罪は償う。とはいえ、清潔な寝床と栄養バランスの取れた食事、そして制限はあるものの娯楽も与えられ、生かされている現実。ホープタウンの底辺の生活より、人として扱われるだけ恵まれている。

画面に映るビルア種の男を眺めながら、考える。自分が愛した、赤毛のビルア種を借り物にした精神体の最後はどんな風だったんだろう。日付を操作され「最後の日」は知らされなかった筈なので、明日もあると信じて眠りにつき、不安も恐怖もないまま生を終えただろうか。それならいい……そうであって欲しい。

目の奥がジンと熱くなってきて、気づけば涙が頬を伝っていた。精神だけの生き物というのは、死んだらその心はどこへ行くんだろう。いつか自分が死んだ時、どこかであの心と再会することはできるんだろうか。

プツリと動画が切れる。視聴途中だったので、モニターの不具合かと思っていたが、ポロンと初めて聞く電子音のあとに、メッセージが表示された。

『午前十時から調整室にて担当説明。寝室に待機』

時刻は九時五十五分を過ぎていたので、すぐに寝室へと移動した。調整室ということは、取り調べだろうか。いや、それはもう終わっている。死体になるまでここから出ることはないだろうと、それが自分への罰だと思っていたが……もしや刑期の説明的なことがされるんだろうか。収監され、一年も経(た)った今頃になって？

　よくわからないまま、じっと待つ。十時ちょうど、寝室のドアの向こうから「ドアに背を向け、頭に手を置き跪(ひざまず)いて待機」と命令された。言われたとおりに跪いて待つ。ガチャリとドアの開く音がして、ドンドンと乱暴な足音が近づいてきたかと思うと、頭の上に置いた手に拘束(こうそく)具(ぐ)がつけられた。

　両手の自由を奪われた受刑者に「立ち上がり、こちらを向け」と命が下(くだ)る。そこにいたのは、見慣れた制服の、初老の刑務官二人だった。その二人に付き添われて、バスルームの脇から監視室の廊下に出る。傷は完治したが、関節を痛めたのか膝が曲がらず、どうしても右足を引きずってしまう。歩きは亀のように遅いが、不自由な足を考慮されたのか急げとは言われなかった。

　外廊下を回り、エレベーターに乗る。ここに入れられた時は、アイマスクをされていたので、どういう構造なのかわからなかった。受刑者を脱獄させた元刑務官だ。内部構造は見せたくないんだろうなとその対応にも納得したが、今は拘束具だけ。入る前の厳重さはいったい何だったんだと思ってしまう。

　一階らしきフロアに出て、独房のリビング程度の狭い部屋に連れてこられる。簡素なテーブルと、椅子が二つだけ。椅子に座るよう促されて腰かけたが、自分についてきた二人の刑務官は両脇に立ったままだ。

五分ほど経った頃、刑務官の制服を着た五十過ぎぐらいの中年男が入ってくる。その男が現れた途端、両脇の二人の刑務官が姿勢を正した。中年の男の胸には、所長の証である警棒がデザインされた金色のバッジが鈍く光っている。自分のような一犯罪者に所長が対応するとは思わず、驚いた。

所長は「拘束具を外し、外で待機」と命令する。右側の刑務官が「しかし……」と言いかけたのを「早くしろ」と威圧的な口調で制する。拘束具を外され、個室に所長と二人きりになった。どこかに監視カメラがあり、何かあればすぐに駆けつけられる態勢にはなっているだろうが、犯罪者を相手にこんな無防備でいいのかとこちらが心配になってくる。

「ケイン・向谷。君はこの刑務所から出られることになった」

思わず「まさか」と声が出た。受刑者を脱獄させた刑務官が、一年足らずで解放されるなんて、常識で考えてもありえない。

「それには一つだけ条件がある。この書類を読み、納得し、サインすることだ」

エアブックを差し出される。それは三ページあり、要約すると勤務していた刑務所の地下房で担当していた人物の情報を他言しないこと、その人物の脱走を補助した経緯を他言しないこと、逮捕後の経過を一切他言しないこと……脱獄から今までの経緯全てを「黙っていろ」という誓約書だった。加えて情報が外部に漏れた場合は禁固百年ともある。実質、終身刑だ。この取引はいったい何なんだろう。これほどまで情報流出を恐れるなら、ずっと閉じ込めておけばいいのに。経費削減か？　それとも独房の数が足りなくなったのか？

殺してしまえば簡単だと思うが、そこまで非人間的ではないということだろう。裁判すらされず拘束された時点で、都市部の常識だと十分に非人間的な扱いになるのかもしれない。

急に与えられた「外」の選択肢。自由のチケットを前にしても、喜びはない。正直、どうでもいい。外には、自分が失ったものしか残っていない。

「早くサインしてくれないか」

所長は囚人がサインすると信じて疑っていない。だからサインした。自分がここにいるのが邪魔なんだろうなと、早くこの件を終わらせてしまいたいという雰囲気が伝わってきたからだ。

エアブックを手に所長は出て行った。ここに来るまで警護していた刑務官のうちの一人がかわりに入ってきて「これに着替えろ」と服をテーブルの上に置いた。中古と思われる黄ばんだシャツと色あせた黒いパンツ。両方ともサイズが大きかったが、普通の服に着替えたことで、本当に外へ出られるのか？　と少しだけ実感が湧いてくる。それでもまだ半信半疑だ。

もう拘束具はつけられていない。その刑務官に連れられて窓の少ない薄暗い廊下を歩き、フランス地区の刑務所の半分程しかない小さなエントランスを抜けると、ドアが見えてきた。刑務所の建物を出る。少し先に青い湖があり、その向こうに白く光る氷河が見える。アラスカはこれから夏の季節に入る筈だが、吹きつけてくる風は少し肌寒い。

刑務所を出たらもう受刑者ではないが、乗せられたのは密閉されて外も見えない護送用のエアカー。どこまで移送されるのかわからないが、刑務所の前で放置されなかったのは助かった。アラスカに放り出されても、金がないのでどこにも行けなかったからだ。エアカーはしばらくの間、体感で五時間ほど走り、止まった。後ろの扉が開く。

「来い」

刑務官に手招きされる。そこは鬱蒼(うっそう)とした林の中だった。葉の緑が濃く、空気に湿度と生々しさがある。アラスカと匂いが違う。周囲に人気(ひとけ)もないので、もしやここで殺されるんじゃないかと嫌な予感がする。殺されて、他殺体として処理されるのではないかと。緊張しているケインをよそに、刑務官は無表情のまま紙片(しへん)と紙袋を差し出してきた。

「地図にある倉庫に、お前の荷物がある。三日以内に引き取れ」

それだけ言い残し、護送車と刑務官は去って行った。もしかしてこれで、自分は解放されたんだろうか。歩いて十五秒で終わる独房の世界から、数時間もしないうちにこの状況。周りの風景に「お前は自由だ」と説得されても、感情がついていかない。

手渡された袋を開けてみる。中身は現金で、ざっと見た感じでもかなりの大金だ。中途半端な額の小銭まで入っている。大金を持ち歩くのは危ないが、こんな雑な袋に入っていると思う輩(やから)もいないだろうなと気付くと、気が楽になった。

いつまでここにいても仕方ないので、地図を頼りにゆっくりと歩く。道にある標識を見ているうちに、ここがフランス地区のノルマンディだとわかった。前に暮らしていたのはパリの近くだったので、随分と西にいることになる。

十五分ほど歩いて行き着いたのは、民間の貸倉庫。地図にあった番号を電子錠に入力することで、倉庫のドアが開いた。

そこには、ケインがアパートで使っていた荷物が積み重ねられていた。あそこは家具付きの家だったから、大型の家具はない。なので自分の持ち物は、サッカーのゴールポスト程度しかない。その中で、アリから買ったエアカーだけが異彩を放っていた。これは警察に処分されたとばかり思っていた。

荷物を眺め、そして大金の入った袋をもう一度見る。この金は、銀行に預けていた自分の貯金じゃないだろうか。確かこれぐらいだった気がする。

部屋を空にし、勝手に人の通帳を解約する。もしかして自分は、本当に消されようとしていたのかもしれない。どういった方向転換で生かされることになり、そして放り出されたのかわからない。誰もその経緯を教えてくれないし、聞くこともできない。

契約書に、都市部の生活エリアだったパリには住まない、立ち入らないという条件があった。たった一年の間に、色あせてしまったように感じる自分の荷物。積み重ねられたその上に、見覚えのない箱がある。開けてみると、職場のロッカーに置いてあった私物だった。ホログラフィのフォトフレーム、ブラシ、靴、着替え……箱を探ると、指先に何か固いものが触れた。取り出してみる。それは錆びて茶色くなった古い鍵だった。


よく晴れた夏の日、野球場ほどの広さがある大きな池の周囲には、釣りを楽しむ人の姿がぽつ、ぽつと見える。大半が中年から初老の男性だ。

長いつばの帽子を深くかぶり、ケインは釣りポイントを探す振りで池の周囲をゆっくりと歩いた。どう頑張っても右足を引きずってしまうので人目につくが、それはもう仕方ない。

一周しても、目当ての男は見つけられない。昨日も一昨日も駄目だった。今日も駄目かもしれないと思いつつ、人のいない場所に椅子を置き、釣りをしている振りをした。他にすることはないのだ。このまま夕方まで粘ってみる。

釣っている振りのつもりが、エサもつけていないのに釣れてしまった。持って帰れないので、池の中にそっとリリースしていると、農道をそれて池に近付いてくる人影があった。

釣り竿と椅子を抱えたストローハットの男。道から近い岸辺に椅子を置き、男は竿を垂らす。帽子からはみ出している髪の毛は明るいグレーだ。

立ち上がり、椅子と竿を手に男へ近付いた。人の気配を感じたのか、ストローハットの男がこちらを見る。瞳もグレー。働いていた時と随分と印象が違うが、間違いなくニライだ。以前は淡々としてクールな印象だったが、今はもっと雰囲気が柔らかい。

「釣れますか？」

声色を変えて話しかける。髪を黒く染め、黒いアイコンタクトに眼鏡で変装しているので、かつての同僚だと気づかず「今日はダメだね」とニライは小さく肩をすくめた。

「隣、失礼してもいいですか？」

ニライは「どこでも好きな場所に。ここは俺の池じゃないからな」と皮肉っぽい表情で微笑んだ。

ケインはニライから五歩分ほど距離を置いた場所で、釣り針を垂らした。どうやって切り出そう。退職した職場の話とはいえ、守秘義務は生涯にわたる。ニライはこちらを警戒しないで、話をしてくれるだろうか。

先々月、ケインはアラスカの刑務所から釈放された。倉庫に保管されていた家財道具はその大半を処分し、残りはホープタウンにあるデリアの家に運び込んだ。エアバイクは不自由な足のかわりになりそうだったので残し、アパートの屋上に勝手に置いた。ホープタウンとはいえ、厳密に言えばパリの外れに入るが、都市部に行かなければいいだろうと勝手に判断した。

都市部で順風満帆な生活を送っていた筈のケインが帰ってきたことに、レイラは驚いていた。詳しい理由は話さず「刑務官を辞めたんだ」とだけ告げる。レイラは「そうかい」と頷いたきり、それ以上は何も聞いてこなかった。

自分がＨ３を脱獄させた件はどんな風に報じられたんだろうと気になり調べてみたが、何の情報も出てこなかった。前大統領の庶子が寄生体に乗っ取られ、その体を寄生体ごと担当刑務官が脱獄させた。エアパトカーとエアバイクが出動しての大捕り物だったが、ニュースになっていない。「寄生体は絶滅した」とされている世の中で、本当はいました、前大統領の息子が寄生されてましたなんて世界的スキャンダルなので、事件はもみ消されたのかもしれない。

外の世界に帰ってきても、自由になっても、何もしたいことがない。ただ一つ気になっているのはＨ３の最後だ。フェードアウトまでの一週間、どういう風に過ごしたのか。それを知っているのは、Ｈ３のもう一人の担当刑務官、ニライだけだ。

アリか博三に頼めば、ニライに話を聞いてくれるかもしれないが、自分の退職がどういう風に扱われているのかわからない。ひょっとしたら、二人は自分と親しかったというだけで、任意聴取を受けているかもしれない。連絡を取ることで余計に迷惑をかけるかもしれないと思うと、どうにも躊躇われた。

知り合いに頼れないなら、自力で調べるしかない。ケインは髪の色を染め、コンタクトで瞳の色を変え、パリに出掛けた。

フランス地区の刑務官御用達の店にそっと忍び込む。あまり関わりのなかった刑務官に声をかけ、世間話の振りをしてさりげなくニライの情報を聞き出す予定だったが、見知った顔が多すぎて、変装しているとはいえ、喋っていたら気づかれそうで声をかけられない。結局、カウンターの隅で俯くだけになった。

刑務官の数が多ければいいかと思っていたが、そういうものでもなかった。他にも刑務官が行きつけの店はあるし、ここほどは集まっていない筈なので、そちらに場所を変えようとケインは酒代をカウンターに置いて席を立った。

「なぁ、美和・スティーラって知ってるか？」

懐かしい名前に、足が止まる。カウンターの後ろの席で、ビール片手に話をしているそばかすの男は、黄エリアにいた刑務官だ。

「東洋系の気の強そうな子だろ。美人だよな。うちのエリアで狙っているヤツがいるよ」

向かいにいる鷲鼻の男も顔に見覚えはあるが、名前が出てこない。二人ともケインよりも年下の筈だ。

「婚約したらしいぞ。相手は白エリアにいる中国系の博三・オルセンだってさ」

変な声が出そうになり、慌てて口を押さえる。

「オルセンか〜何か影薄いっていうか、パッとしない先輩だよな。けど二人とも同期だし、そういう縁かもな」

本人がいないので、鷲鼻の後輩は言いたい放題だ。話題は変わり、美和と博三の話はそれきりになる。あの二人が婚約とは、この一年で何があったんだろう。美和の口ぶりから、そういう関係にはならないと思っていただけに驚いた。けれど仲のよい友人たちが結ばれたこと、何より博三の気持ちが美和に通じたのは、素直に嬉しい。

店の外へ出ると、ぽつぽつと雨が降り始めていた。小雨だが、エアバイクで来ているし、レインウェアがないので、これ以上雨脚が強くなればずぶ濡れになる。今晩はもう帰ることにして、エアバイクのカーポートまでゆっくりと歩く。情報収集は空振りに終わるも、友人たちの幸せな結末を知れたので満足だ。

向かいから女性ばかりの五人ほどの集団が近付いてきたので、ニット帽を深くかぶった。その中に美和がいると気づき、ケインは慌てた。他に横道はないし、足早に行き過ぎようにも右足が動かない。無理に足を引きずって歩けば、逆に悪目立ちしてしまう。

仕方がないので、前もって道の端に寄り、フォーンを見ている振りで集団をやり過ごすことにした。

「美和、もっと彼のことを話してよ」

五人は歩道いっぱいに広がり、ティーンエイジャーのようにキャアキャアとはしゃぎながら歩いている。

「もう十分話したじゃない」

美和は髪が短くなっていた。活動的ではっきりした性格の彼女にその髪型はよく似合っている。

「いや、まだまだ何かあるはずよ」

緑色のワンピースの女性が、美和の肩を叩く。「もうやめてったら」と笑いながら左に体をよじった美和の腕が、ケインの手首にぶつかった。衝撃でフォーンが飛び、石畳の上でガッ、ガッと二回バウンドする。拾おうと先に踏み出したのはケインだったが、美和の動きの方が早かった。フォーンを拾い上げ、ケインに差し出してくる。

「大変申し訳ありません。不具合があったら弁償します」

ケインは俯いたまま、フォーンをろくに見もせず「ああ、はい」と小声で答え、上着のポケットにしまった。

「あの、本当に大丈夫ですか？」

美和は勘が良いので、話を続けていたら変装していてもバレてしまいそうだ。小さく会釈して歩き出すも、慌てていたせいで右足に体重をかけ過ぎた。膝がガクガクと揺れ、体が大きく右に傾く。転んでしまいそうだったが、その前に体が支えられた。美和が自分の腕をしっかりと押さえている。顔が……近い。目が合った。

他人行儀だった目が、一瞬で極限まで大きく見開かれる。「嘘でしょ」と呟く。

「あなた、まさかケ……」

慌てて美和の口を手で塞いだ。そして左手の人さし指を自分の唇にあてる。手を離すと、美和は「嘘でしょ」ともう一度、繰り返した。

「美和、大丈夫？」

友達らしき集団に、背後から呼ばれている。美和はケインを睨むと「ここにいて、絶対に動かないで」と命令し、友達のもとに戻った。「道に迷って困ってるみたい。私の知っている場所だから送ってくる。その後で店に行くわ」と話しているのが聞こえる。友達と別れ、美和はケインの前に仁王立ちした。そして「どういうことか説明してもらえる？」と怒った声で聞いてきた。昔の知り合いには関わらない方がいい。けど見つかってしまった以上、逃げ出すこともできなかった。

雨も降っていたので、閉店したレストランのテラス席、庇の下に移動する。美和はケインが右足を引きずる様を見て「足、どうしたの？」と聞いてきたが、「ちょっと」と曖昧に笑って誤魔化した。

美和は「どこにいたの？」「何してたの？」「どうして髪と目の色を変えたの？　変装してるの？」と質問攻めだったが、それには答えず、自分がどういう形での退職になっていたのかを先に教えてもらった。

ケインは職場で「自主退職」したことになっていた。同僚や受刑者との人間関係に悩み、周囲に何も言わないまま、急に仕事を辞める刑務官はたまにいるが、所内で暴動があった翌日に辞めたということで、ケインが受刑者を扇動し、そのせいで処分されたのではないかと噂が立ったらしい。ケインが地下階の受刑者を脱獄させて失敗し、捕まった件は一言も出なかったので、そちらはやはり秘密裏に処理されたようだ。

「暴動のあった次の日、私と博三、アリは任意って形で警察から話を聞かれたの。暴動の件ってことだったけど、事件のあった日に夜勤だったわけでもないし、おかしいなと思ってたら、聞かれたのはあなたのことだった。どういう人物とか、思想だとか」

美和は「ハッ」と肩を竦めた。

「あなたが暴動に荷担するわけないのにね。地下階の刑務官が『地下階担当が、地上階の受刑者のことを知るわけないだろ。ケインは暴動の中、地上階の腰抜け刑務官をよそに真っ先に暴動のあった房に飛び込んで、騒ぎを鎮圧した』って怒ってたわ」

じっと美和が目を見てくる。

「私も博三もアリもあなたを信じている。けど辞めるタイミングが悪過ぎたわ。辞めたって聞いて驚いて、アパートに行ったらそこも引き払ってるし、わけがわからなかった。急にいなくなったと思ったら、今度は変装して街に戻ってきてる。いったい何があったの？　今、何をしてるの？」

三人が自分を信じてくれていると聞いて、嬉しかった。けれど誓約書を書かされたし、また迷惑をかけるかもしれないと思うと「話せない」としか答えられない。頑なに喋ろうとしない自分に、美和は「何か理由があるのね。色々と気になることはあるけど、もういいわ。生きているってわかっただけでもよかった」と腰に手をあて、ため息をついた。

「あなた、もしかして本業は探偵かスパイだったりする？」

ケインは「ドラマの見過ぎ。そんなわけないだろ」と苦笑いした。

「……ニライと話がしたくて、探してるんだ」

美和は「ニライ？」と問い返す。

「ニライって、今年定年退職したニライ・ドレバンのこと？」

年齢的にそろそろではないかと思っていたが、やはり退職していたらしい。

「ニライのことは知っているけど、話したことはないかも。あの人、地下階の担当が多かったから、たまに食堂で見かけるぐらいで」

ケインは「そうか」と俯く。すると美和は「ニライと仲の良さそうだった人に、彼が今どうしているか聞いてあげるわ。退職した刑務官だし、行き先を探すぐらいなら問題ないでしょ」と、口にできなかったケインの望みをすくい上げてくれた。

「いっ、いいのか？」

「大した手間でもないしね。そのかわり連絡先を教えて」

今、住んでいるのはホープタウンで、おそらくこれから先も住み続ける。生きる世界が違ってしまったし、これ以上、美和は自分に関わらない方がいい。なので自分の状況が、一般的に考えてあまりよくないこと、教えることで美和の不利になることがあるかもしれないと伝えたが「フォーンの番号ぐらい大丈夫でしょ。連絡先がわからないと、ニライのことだって伝えられないじゃない」と押し切られて、番号だけ教えた。

そうしているうちに、美和のフォーンに着信が入る。店にいる友達が待ちかねて掛けてきたのだ。

「もう行った方がいい」

美和は「もっと話してたいわ」と粘る。

「それはまた、今度」

しばらく黙っていた美和が「足、大丈夫?」と聞いてくる。

「うん、まあ。こんな感じだけど、治ってるから」

「そう」と息をつき「ニライの件、わかったら連絡する」と真っ直ぐにケインを見つめてきた。……やっぱり美和は綺麗だ。

「博三との婚約、おめでとう」

美和は「誰に聞いたのよ」と驚いていたが「私のことあんなに好きっていう男、もういないかと思って。気は弱いけど、優しいから」と笑っていた。

再会してから二日後、美和は連絡をくれた。ニライは定年退職後、南フランスの土地を買って農園を作り、トマトやズッキーニを育て、趣味の釣りを楽しみながらのんびり暮らしているということだった。

美和は農園の名前を聞き出してくれていて、検索をかけると場所はすぐにわかった。農園内に住居があるので、ニライはここに住んでいるんだろう。けれどいきなり訪ねて行っても警戒されるに違いない。他の刑務官には伝えられなくても、同じ房を担当する刑務官が手引きした脱獄事件がニライに教えられないというのは考え辛いからだ。

最初が肝心だ。そこを間違えると、拒絶されて終わる。慎重にいかないといけない。

「いつもここで釣りをしているんですか?」

トーンを下げ、普段よりもゆっくりとしたペースで話しかける。

「家がこの近くなんで、時間のある時はね」

ニライの口調はのんびりと間延びしていて、こちらを警戒する気配はない。

「それはいいですね」

どういう風に話をもっていこうか考えているると、ニライの方から「あんた、どこから来たの?」と聞いてきた。迷ったが正直に、緊張しつつ「パリです」と教える。

「こっちに越してくるまで、俺もパリに住んでいたよ。便利だったし悪くはなかったが、ああいう騒々(そうぞう)しい街は俺の性にあわなくてね」

ケインは釣り竿をグッと握り締めた。

「……街で、何の仕事をしてたんですか?」

ニライは一瞬、押し黙り「まぁ、くだらない事さ」と短く吐き捨てた。刑務官の仕事に未練はなさそうだし、逆に嫌悪すら感じる。それなら、もしかしたら、教えてくれるかもしれない。

「俺はパリで刑務官をしてました。今は無職ですが」

ニライが勢いよく振り返る。こちらの顔をまじまじと見つめ、ハッと息を吐き「お前、ケイン・向谷か」と唸った。

「お久しぶりです」

「死んだんじゃなかったのか」

美和は「退職」と言っていたが、ニライには「死んだ」と伝えられていたんだろうか。

「今更、俺に関わってくるんじゃない」

ニライは釣り道具を片付け始める。拒絶の気配に、慌てて「独房にいました」と口にしていた。

「パリには入るな、事件のことは話すなという条件付きで二ヵ月前に釈放されました。今は自由の身です」

釣り道具を手に立ちあがったニライは、厳しい目でケインを見下ろしてくる。

「御迷惑はかけません。少し世間話がしたいだけです。どうか、お願いします」

頭を下げる。ニライはじっとそこに佇んでいたが、チッと舌打ちすると再びドスンと椅子に腰を下ろした。こちらを無視し、苛立った手つきで再び釣り糸を垂らす。

「……赤い尻尾をした男の最後が知りたいんです」

ニライは水面に浮かんだ浮きを見たまま、無言。退職後でも、担当していた囚人の話をすると情報漏洩になる。それも地下階だ。ニライが教えてくれなくても当然。仕方ないのだ。無理かもしれないとわかっていても、どうしても知りたかった。

「……お前、足をどうした」

ようやく口を開いたニライが、こちらを見ぬまま聞いてくる。

「捕まった時に撃たれて……けど治ってます」

ニライの浮きが、クイクイと動いている。引き上げたが、乱暴だったせいなのか途中で針が外れ、魚はパチャンと池の中に落ちた。ニライはチッと舌打ちする。針に新しいエサをつけながら「まぁ、悲惨だったな」とぽつりと漏らした。

「赤い尻尾は、狂ったみたいに泣き喚いていたよ。『ベイビーはどこ』『ベイビーに酷いことしないで』ってな。ものは食べなくなる、尻尾の毛をむしり取る、頭を壁にぶちあてて血まみれになる……自分で自分を壊す行為が日に日に酷くなって、手に負えなくなった。だからフェードアウトの三日前に、薬で眠らされて房を出て行った。それが俺が知っている赤い尻尾の最後だ」

日差しはきついのに、全身が凍るように、指先まで冷たくなる。H3の泣き叫ぶ声が、聞いたこともないそれが、鼓膜に響いてくる。

「お前はいったい何がしたかったんだ？　放っておいたら、数日もしないうちに奴の『中身』は、穏やかに死んでいっただろうに」

心臓が絞り上げられるように、ギリッギリッと痛くなる。

「最後に……外の世界を……ヒースの……」

声が震える。

「死ぬ前に少しだけ外の空気を吸わせて、最後の最後に地獄を味わわせたかったのか？　個人的に赤い尻尾に恨みでもあったのか？」

「違う、違う、違う……」

「お前は、残酷な男だよ」

吐き捨て、ニライは椅子と釣り道具を手に帰っていった。ケインは浮きが沈んでも、日が傾いても、辺りが薄暗くなっても、その場から動けなかった。涙がいつまで経（た）っても止まらない。このまま池に身を投げてしまいたい衝動に駆られ、立ちあがるも右足がよろけて後ろ向きに転んだ。背中を強く打ち付けて、息が止まりそうになる。

痛いという理由ができて、また泣いた。Ｈ３を連れ出したことを後悔していなかった。それで自分にどんな不利益が生じようとも、全てはＨ３のためだと。まさかＨ３を自傷（じしょう）させるほど追い込んだとは、苦しめたとは思わなかった。

「Ｈ３、Ｈ３……」

名前ですら呼ばれなかった生き物。好きだった。好きだったから、望みを叶えたかった。けれどそれがＨ３に地獄を見せた。絶望のまま死なせてしまった。ごめん、ごめん、ごめん……どれだけ謝っても足りない。謝りたいＨ３は、もうこの世にいない。もう嫌だ。死にたい。愚（おろ）

かな自分自身を殺してしまいたい。

大声をあげて泣いた。泣いて泣いて、涙も声も枯れ果てて空を見上げると、降り注いできそうなほどたくさんの青白い光が目に飛び込んできた。夜空を背景に、星はキラキラと瞬いている。それが綺麗だと、綺麗だと思ってしまう自分が切なくて、泣いた。

……死んだとしても、H3に会えるとは限らない。あの精神が、もとから実体のないそれが召された後にどこの世界に行くのか、かつて読みあさったどの本にも書かれてはいなかった。


「ねえケイン。こっちに来てよ」

事務員用の控え室、薄汚れたソファに腰かけた娼婦のアリオナが手招きしてくる。ブルネットでコバルトブルーの瞳、美人のアリオナは店一番の売れっ子だが、気が強い。些細なことで他の娼婦と衝突し、取っ組み合いの喧嘩になる。そのたびにケインが仲裁に入っていたが、それを見ていたレイラが「仲の悪い鳥を同じ籠の中に入れてもダメだよ」と呟いた。それならと、ケインはアリオナに事務員用の控え室で休憩してはどうかと提案した。仲の悪い鳥たちを引き離してから、目立ったトラブルはおきていない。

「今、忙しいから」

あと十五分で店が開く。それまでに娼婦の指名システムの不具合を直しておきたくて、ケインは必死になってパソコンと格闘していた。都市部では化石扱いだった実体型のパソコンも、ホープタウンでは現役だ。最新機器を使いこなしていた身からすると、反応が遅くて苛々するが仕方ない。故障もしていないのに買い換える余裕は店にない。あれば従業員の給料に回している。

どんっと背中に衝撃がくる。アリオナがケインの背中にのしかかったまま、パソコンの前にエアブックを広げた。カラーページ一面にＨ３の顔がバンと映っていて、心臓がバクッと跳ねた。

「前にさぁ、赤毛のビルア種が好きって言ってたよね。こういうのってタイプじゃない？」

アリオナが耳許で喋りかけてくる。Ｈ３の顔の横には「ナイジェル・ハマスの後継者は隠し子？　大統領就任中に浮気？　お騒がせ（前）大統領」という見出しがついている。これはいわゆるゴシップ記事だ。前世界大統領、ナイジェル・ハマスは現在、ヘリオスカンパニーという繊維会社の社長に就任しているが、後継者にヨシュア・ハマスという青年を指名した。この青年が、ナイジェルの隠し子らしいというものだった。

ナイジェルは還暦を過ぎていて、隠し子も三十一歳。大統領時代なら兎も角、ナイジェルの過去の過ちを云々というには、一般人になった今では時間が経ちすぎて話題の注目度的に旬を過ぎている。ナイジェルと妻の間に子供はおらず、本妻も隠し子の存在を容認した上で後継者として認めているとあった。隠し子のヨシュアの経歴については謎が多く調査中であると締めくくられている。

写真の中の男は質の良さそうなスーツに身を包み、髪も後ろに綺麗になでつけてある。そうすると、いかにも「できる男」といった雰囲気が漂う。無表情だが、顔が整っているのでどことなく凄みがある。まるで別世界にいるようだ。いや、実際に別世界の存在なんだろう。ケインは無意識に手をのばした。指先は画像をスッと通り抜けていく。アリオナが「キャハハ」と笑った。声が、背中から響く。

店の従業員は娼婦に至るまで全員、ケインがゲイだと知っている。ここで働き始めた当初、自分に色目を使ってくる娼婦が異常に多かった。暗がりに連れ込まれ、あやうく乗っかられそうになったのも一度や二度ではなく、身の危険を感じた。なので自分はゲイで、タイプは赤毛のビルア種だと公言したところ、一切誘われなくなった。アリオナがここにいても他の娼婦に嫉妬されないのは、ビルア種好きのゲイに相手にされるわけがないとわかっているからだ。

「ケインって、キレイな男が好きなんだ～」

別にいいだろ、と適当に返事をしながらH3の顔を見る。もうH3はいない。これはナイジェル・ハマスの息子だ。この美しい体の中に、自分が好きだったあの「心」はいない。いないとわかっていても、その姿を見ると胸が痛む。肉体だけでも元気であることを喜ぶべきだろうか。けれどそれは「抜け殻」に対する感想だ。

H3の凄惨な最後を聞いたあと、死のうと思った。死ぬつもりでいたが、その前に身の回りを整理することにした。下手に物を残してしまったら、高齢のレイラに後を任せることになり、負担をかけてしまう。それが嫌だった。

片付けを始めた矢先、レイラの具合が悪くなり、慌てて都市部の病院へ連れて行った。命に別状はなかったものの、しばらく入院が必要になった。レイラは娼館の事務仕事をしていて、自分が留守にすることで店に迷惑をかけるのではと心配していたので、ケインがかわりに請け負った。

ホープタウンの人間は、都市部で治療を受けることはできても、保険がないので多額の治療費を請求される。ケインも収監を境に保険が切れていて、レイラの治療費は実費を請求され貯金が消えた。それでも足りずエアバイクも売り、最終的にほんのわずかの生活費しか残らなかった。

最初は手伝いからはじまって、今は生活のために店で働いている。娼館も昔と変わり、マナーが悪かったり、暴力的な客は通報できるので、娼婦が怪我をすることもなくなった。経営は年を取り引退した娼婦たちが中心にやっていたが、ケインが入ったことでここぞとばかりにあれこれと仕事を押しつけられ、事務員の筈がまるで支配人の立ち位置になってしまっている。「ゲイっていいわよね～。男といても触ったり誘われたりしないって、こんなに安心感があるって思わなかったわ～」と娼婦に言われる始末だった。

自分には何のしがらみもないと思っていたのに、生まれ育った場所に求められ、生かされている。騒々しく日々を過ごしていくうちに、死は何も生まないと考えられるようになった。もとから心しかない存在だったH3。もし自分が忘れたら、きっとそれがH3の最後だ。それなら生きて、意地でも生きて、息が止まるその寸前まで、あの存在を覚えておくと心に決めた。

「もう時間になるから、準備して。開店と同時に客が来るよ。指名で予約がはいってるから」

　アリオナは「面倒くさぁい」と鼻を鳴らした。

「あの客さぁ、金払いはいいけど口が臭いから嫌なんだよね」

……なかなかデリケートな問題だ。客全員にマウスウォッシュでも配布するか？　いやそれは露骨すぎるだろう。悶々と考えていると、アリオナがケインをぎゅっと抱き締めてきた。

「客がみんな、ケインみたいだったらいいのに～」

「俺、ゲイだけど」

「だからいいのよ。若くて、ハンサムで、男なのにエロい感じがなくて、優しいとか最高」

　そろそろ店の外に看板を出さないといけない。開店時間が近付き、悪ふざけの時間は終わったと空気を読んだのか、アリオナはケインから離れてため息をついた。

「仕事、がんばるかぁ～」

　呟きながら、控え室を出て行く。美しいアリオナ。都市部だったら付き合いたい、結婚したいという男が群がること間違いなしだが、ここはホープタウン。男は金でアリオナの体を買っていく。

彼女たちは割り切って仕事をしているが、見ていて切なくなる時がある。だからといって、何かしてやれるわけではない。自分も一度は都市部に出たのに、身を持ち崩してホープタウンに舞い戻ってきた存在だ。顔見知りがいて、家があり、見慣れたこの場所しか居場所はない。けれど居場所があったから、自分を頼ってくる人がいるから、今でもかろうじて生きていられる。

店の内側に立てかけておいた看板を、外へ出す。思いのほか空気が冷たくて、ブルッと身震いした。吐く息が白く凍る。この感じだと、雪が降りだすかもしれない。ケインは店内に戻り、フロントに入ると待合室の明かりをつけた。それと同時に、スーツ姿の男が入店してくる。

ホープタウンでは、娼館は高級、上、中、下と緩く分類されている。この店はホープタウンでも上の部類で、他より料金は高めの設定になっているが、美人が多い。客も都市部の人間が九割で、ほぼ全員がキャッシュで支払っていく。履歴の残るデジタルマネーは殆ど使われない。

ケインは帳簿付けや備品管理、女の子のケアと裏方専門だが、今日は男性従業員のスレメンが子供の具合が悪く休んでいるので、かわりにフロントに立っている。客がくると、まず女の子と時間を決め、料金を前払いしてもらってから部屋に案内する。客が帰ると、清掃員に掃除を依頼する。掃除が終わると中をチェックし、次の客に割り振る。いつも二人でやる仕事を一人でこなさないといけないので、猛烈に忙しかった。

午後十時過ぎ、休みのはずのスレメンがひょっこり顔を出した。子供が落ち着き、奥さんが帰ってきたので仕事に出て来たという。給料は時給制になっているので「ちょっとでも働いて稼げって奥さんにドヤされました」と苦笑いしていた。

スレメンと話をしていると、一仕事を終えたアリオナがフロントにやってきた。「今晩、もう仕事したくなーい」とケインに抱きついてくる。

娼婦にも体調があるので、申告すれば休むことができる。アリオナは次の予約客がキャンセルになり他は入っていなかったので「休み」にし、客の閲覧リストにも「休み」のチェックを入れた。

「やった〜休みだ〜。けど家に帰っても退屈なんだよね。フロント業務、手伝ってあげようか」

アリオナはケインの背中に抱きついたまま離れない。

「俺は嬉しいけどさ、それだと休んだ意味ないんじゃない？」

スレメンは首を傾げる。

「もちろんバイト代はもらうよ。男と寝ないでできる仕事がしたいんだよね〜」

アリオナはしれっと言ってのける。スレメンは「やめてくれ〜俺が失業しちゃうよ」と頭を抱えた。

「アリオナ、本気でフロントやってみる気ある？」

それまで冗談めかしていたのに、ケインが提案した途端「いいの！」とアリオナは目を輝かせた。

「けどさ、余分にバイト代を払う余裕とかうちにはないんじゃないの」

自分のポジションを脅(おびや)かされる恐怖からか、スレメンが眉をひそめる。

「スレメンが休む時は、俺がかわりにフロントに入ってるだろ。けど足も悪いし一人で捌(さば)くのって正直きついんだ。他にもフロント業務ができる人間がいると助かる。今晩、アリオナがフロントで働いた分は、俺の時給分から回すよ」

まあ、そういうことなら……とスレメンは納得してくれる。アリオナは「ケイン、大好き」と首にしがみついてきた。

「ゲイじゃなかったら、絶対にケッコンしてるのにっ」

ケインは「はいはい」とアリオナを引きはがした。

「アリオナ、フロントの仕事は空(あ)いてる時間にスレメンに習って。俺は控え室に下がるから」

話をしているうちに、店に客が入ってきた。三人だ。連れだってくる客は珍しくない。真ん中の客は長身で、ロングコートをすらりと着こなしている。雰囲気的に若そうだが、つばが広い帽子を深くかぶっているので、顔は見えない。

三人のうち二人の客はソファ付近に立ったまま、先頭の客だけフロントに近付いてくる。顔の雰囲気からして、四十代後半ぐらいだろう。

「いらっしゃいませ。ご予約のお客様ですか？」

スレメンが愛想良く話しかける。中年客は「いいえ」と首を横に振った。

「何名様ですか？」

客は「一人で」と答える。ケインは、んっ？　と首を傾げた。三人で来たのに一人？　ということは、残りの二人はボディガードか？　たまにそういう客もいるが珍しい。有名人のお忍びかもしれない。

「では、女の子のブックをお出ししますね」

スレメンがエアブックを取り出し、表示する。ケインはアリオナに「スレメンの仕事、よく見てて」と耳元に囁いた。客は娼婦の一覧表を最後までザッと見て「あの」と切り出した。

「……男性はいないのですか？」

スレメンが一瞬押し黙り「男性をご希望ですか？」と問い返した。客は「ええ、まあ」と自分から要求してきたくせに、言葉を濁す。

「当店は女性だけですね。男性でしたら、三軒隣の『ゼウス』さんがご専門ですので、そちらに行かれた方がよいかと」

中年男が、ソファ付近で待っている男のもとに戻る。何か話をしてから、再びフロントにやってきた。

「あなたは、お客を取っていないのですか？」

中年男は、真っ直ぐケインを見ていた。おっと、このパターンかと内心苦笑いする。女性専用の娼館なのに、フロントにいると「君のことは買えないの？」と聞いてくる酔狂な客が一定数いる。

「俺は事務員なので。申し訳ありません」

中年男は、再びソファ付近の男のもとに戻る。三人が話をしている間に別の客がきて、スレメンはそちらの対応を始めた。やっぱり降り始めたのか、客のコートに雪が積もっている。

中年男が再びフロントにやってきて、「実は……」とケインに向かって切り出した。

「……さるお方が、どうしてもあなたと話がしたいと言われています。どうか考慮していただけませんでしょうか。もちろん無料とは申しません。金額はそちらの言い値で支払いますので」

これは厄介(やっかい)な客だ。高圧的な態度でくるなら、こっちも「とっとと帰れ」と啖呵(たんか)を切って追い出せるが、向こうはあくまでも低姿勢を崩さず「話がしたいだけ」と行儀良く迫ってくる。それが本当に話だけで終わるとは思えない。きっとその先まで要求される。

「先ほども話した通り……」

「1000万シャム」

背後から、アリオナの声がした。隣で支払いをしていた客が、ギョッとした顔で振り向く。アリオナはケインの腕にぶら下がり「人の旦那を札束で買おうって言うんだから、それぐらい払ってもらわないと」と中年客に向かって高飛車に言い放った。これはしつこい客に法外の金額をフッかけて、諦めさせようという魂胆(こんたん)なんだろう。意外といけるかもしれないと、ケインもこの作戦に乗ってみた。

「そういうことなので、申し訳ありません」

丁寧に頭を下げる。中年男も「そうですか」と諦めた表情でソファの傍に戻った。中年男はすぐに外へ出て行ったが、残りの二人は動かない。

「……あそこの客、帰らないですね」

スレメンがケインに耳打ちする。

「雪が降ってるし、エアタクシーが混んでて捕まらないんじゃないか。俺は控え室に下がるよ。何かあったら呼んで」

そう言い残し、ケインは控え室に戻った。パソコンで予約状況をチェックすると、今日はキャンセルが多い。雪のせいだろうか。売り上げは厳しそうだなと思いつつ、備品の発注を入力していると、廊下からバタバタ騒々しい足音が聞こえた。スレメンが飛び込んでくる。

「ケケケケイン、さっさっさっきの客が……いっ、1000万シャム持ってきたんだけど……どうする?」

思わず「嘘だろ」とぼやいていた。

「現金で持ってきた。ケインはそういう仕事をしてないって知っているけど1000万シャムだ。人生変わるよ。だからもし個人で客を取るなら……」

「ちょっ、ちょっと待ってくれ!」

無茶苦茶だ。フロントに戻ると、黒い帽子の男が立っていた。中年男はボディガードの伝書鳩で、無茶を言っているのは多分、この男だ。１０００万シャムは諦めさせるための金額で、その気はない。空気を読めない頭の固い男には、はっきり言わないといけない。

「あのですね、俺は……」

男が帽子を脱ぐ。その顔を見た瞬間、心臓が止まりそうになった。後ろに流した赤い髪に、赤い犬耳。雑誌で見たＨ３……いや、ヨシュア・ハマスが、鉱石のように冷たい琥珀色の目でケインを見下ろしていた。

「……娼館の雰囲気が嫌いなので、場所を変えてもいいですか」

Ｈ３とは違う、トーンの低い声。違っていて当たり前だ。この男はＨ３の顔をしていてもＨ３じゃない。

……Ｈ３の顔をしたヨシュア・ハマスはホープタウンの娼館で男を買う男だということだ。ショックはあっても、失望はない。これが現実なんだろう。けどまさか、よりにもよってうちの店に来るとは思わなかった。他人だとわかっていても、その顔で喋られると心臓に悪い。Ｈ３の抜け殻は、これ見よがしに胸元から札束を取り出し、フロントにドンと置いてきびすを返した。店を出て行く。

「ちょっ、ちょっと……待って……」

ケインは慌てて札束を摑み、後を追い掛けようとした。グンと腕を引っ張られて振り返ると、アリオナが目をキラキラさせている。

「あれってヨシュア・ハマスでしょ。絶対にそうだよね。すごい！　ケイン、モロタイプじゃん。こんなチャンス、二度とないかもしれないよ。いい男とエッチできる上に、大金ももらえるなんて最高じゃん」

「そういう問題じゃないんだよ！」

アリオナは「ガンバレ」とケインの肩を叩いた。あの男とするとかありえない。自分が好きになったのは、あの男じゃない。右足を引きずりながら、それでも精一杯急いで店の外へ出る。姿が見えないと思ったら、路上駐車したエアカーの中で男は待っていた。ケインが近付くと、後部座席のドアが開いた。

「この金は受け取れません」

エアカーの中に金を置いた瞬間、手首を摑んで車内に引きずり込まれた。その強引さに驚いているうちに、ドアが閉まる。

「出して」

男の命令で車が動き出す。こいつ、ヤバい。背筋に寒気が走る。摑まれた手を振り払おうとするのに、離れない。自分の手首を摑む指、その強い力から、隠しようのない怒りが伝わってくる。ホープタウンの男に法外な金額を吹っかけられたことが、そんなに頭にきたんだろうか。

「結婚していても、金を積まれたら体を差し出すんですね」

断ったのに、金を出したのはそっちの癖に、酷い言い草だ。

「あなたに関係ないでしょう」

掴んだ腕を引っ張られ、男の胸に倒れかかった。強く抱き締められる。人を馬鹿にし、札束で言うことをきかせ、快楽だけ求めてくる。最悪だ。ヨシュア・ハマスは最低な男だ。

「離せっ」

本気で背中を叩いても、一切ひるまない。

「そっちの専門に行って、男を買え！」

犬耳を掴んで怒鳴ると「痛い、痛い」と悲鳴をあげる。赤毛の尻尾がブンブン揺れる。男が琥珀色の目で自分を睨む。睨みながら顔を近付けてきて、唇が触れた。柔かい感触。今の……何だ？　と頭が混乱している間に、唇は離れた。怒っていた琥珀色の瞳に、じわっと涙が浮かぶ。泣き顔に怒りを削がれているうちに、もう一度キスされる。グスングスンと子供のように泣きながら、何度も何度もキスしてくる。訳がわからない。けど……この泣き方はＨ３みたいな気がする。Ｈ３は消えてしまったけれど、その残骸が、爪の先程でもこの男の中に残っているんだろうか。

もしそうだとしたら……ケインは泣いている男を抱き締めてみた。しゅんと下を向いていた赤い犬耳が、ビクビクと震える。さっきは引っ張った犬耳を、そっと撫でる。泣いていた男の目が、怒りの感情をみなぎらせて自分を見ている。

「奥さんがいるのに、どうして僕に優しくするの」

甘えた口調は、マイク越しに何度も聞いたものだ。体がブルッと震えた。信じられない。

「ずっと君を探してたんだよ、ベイビー」

「嘘だ」

「嘘じゃない。ずっとずっと、君を探してた」

ケインは激しく頭を振った。この男がH3のわけがない。

「H3は死んだんだ。フェードアウトして……」

「フェードアウトなんかしてない！」

男が叫んだ。

「もとから寄生体になんかに乗っ取られてない。僕はずっと僕だった」

悲鳴に近い声。頭が混乱してくる。

「H3なんて知らない。僕はヨシュア・ハマスだよ。一人っきりの独房で、ベイビーに恋したヨシュアだよ」

体の震えが止まらなくなる。

「だって、だって、寄生体が……」

「ベイビー、聞いて」

H3が両手でケインの頬を押さえた。

「僕はテロリストに誘拐されて、何年も連れ回されてた。テロリストが捕まって、やっと自由になれたのに、パパも警察も、寄生体を飲ませたっていうテロリストの言葉を信じて、僕を十二年も独房に閉じ込めた。何百回違うって言っても、誰も信じてくれなかった」

抱き締めてくる腕の力が強くなる。

「みんな僕を無視してた。誰も僕の言葉なんて聞いてくれなかった。ベイビー君だけだ。君だけだったんだよ。僕の希望は、君だけだった。金色の髪で緑の瞳の……僕のベイビー」

H3だ。自分をこんな風に呼ぶのはH3しかいない。死んでなかった……生きてた。体の力が一気にぬけ、そしてドッと涙が溢れてきた。

「泣いてるの、ベイビー?」

「死んだかと……思って……」

「大丈夫だよ、死んでないよ」

感情が溢れて、胸がいっぱいになって、言葉が出てこない。

「死っ、死ぬと思ったから、お前を外へ……ヒースの丘の……」

うん、うん、と頭を撫でられる。

「わかってるよ、ベイビー。全部、僕のためだった。僕は全部、わかってる。僕のために、僕が喋った些細な望みのために、ベイビーが全てを捨ててしまったんだとわかって、もう胸が張り裂けそうだった。ベイビー、ごめんね。許してほしい」

H3の言葉が、聞ける。目を見て話せる。触れ合うことができる。心が肉体を、伴う。その奇妙な喜び。

「迎えに来るのが、遅くなってごめんね。ベイビーがどこにいるのかわからなくて、ずっと探してたんだ。ベイビーを殺したら僕も死ぬって、ずっとパパには言ってたんだ。けどどうしてもベイビーの居場所を教えてくれないから、弁護士にお願いして、僕を非合法に刑務所に監禁してたって訴えるって言ったんだ。そしたらやっとアラスカの刑務所にいるって教えてくれた。けど僕が迎えに行った時には解放されてて、どこに行ったのかわからなくて、それから探して、探して……」

その気持ちだけで、溢れるほど満たされた。ケインはH3の頬に触れた。ガラス越しに見ていた顔。狂おしいほど愛(いと)しいと思った男の顔だ。

「……ありがとうな」

ケインは笑った。

「お前に好きって言ってもらえて、キスできて、もう十分だよ」

琥珀色の瞳の中に自分の姿が見える。

「この先はないの？」

瞳の中の自分が、不安そうに揺れる。

「僕が、見つけるのが遅すぎたの？　ベイビーはもう別の人のものだから諦めないといけないの……」

「俺は一人だよ。妻とか言ってたのは、お前を追い払うために、アリオナがふざけてただけだから」

「ベイビー、結婚して！」

Ｈ３が、ケインの両手を握り締めた。

「僕には、君以上の人はいない。だから……」

「結婚って……俺は男だし、それに……」

「関係ない。性別とか、姿とか、そんなのどうでもいい。僕は君が欲しいんだよ、ベイビー。僕のために全てを投げ出して愛してくれる人を、優しい君を、どうして僕が愛さないでいられると思うの？　求めないでいられると思うの？」

情熱的な琥珀色の瞳が、自分を見つめる。

「ベイビー、僕は君を愛するために生まれてきた男だよ」

恋愛ドラマで、百万回は繰り返されているありふれた言葉に、胸が震える。他人の話なら、笑っていたかもしれない。けれど今はその言葉が、狂おしいほど心に染みる。

「一緒にいさせて、ベイビー」

繋いだ手が、熱い。結婚とか、そういう形は兎も角として……全身で好きだと言ってくれる男と、自分の全てを失っても救いたかった、好きだった男と、もっと一緒にいたいと、触れ合いたいと切実にそう思った。

ウィンディ・デイ

windy day

背後からブオンと鈍い音が聞こえ、ヨシュア・ハマスはエアパソコンから顔を上げて振り返った。ゴオオッという風の音と共に、もう一度ブオンと響いてガラスがわずかにしなる。ビルの三十五階にあるこの執務室は普段から地上よりも風は強いが、それにしても今日は風音が耳につく。昼を過ぎてから、余計に酷くなった。そういえば昨日、気候変動が進んで風が強くなったというニュースを見た。中東地区では、砂嵐が頻繁におこっていると。

デスクの上に据え置いてある会社専用のフォーンがポロンと着信を知らせる。時計を見ると、約束してある午後二時の二十分前だ。少し早すぎるが、問題はない。自分は暇なので、いくらでも訪問客の都合に合わせられる。

「はい」

ヨシュアの音声を認識し、相手と繋がる。目の前に五十代後半、部長のドロンの姿が上半身のみのホログラフィで浮かび上がった。予想と違う人物の登場に内心ギョッとし、自分の赤い犬耳と尻尾がビクンと震えるのがわかった。

『秘書がおらず、ダイレクトにとメッセージがあったのでお声がけしましたが、よろしかったでしょうか？』

「ああ、かまわない。秘書は今日、休みにしてある」

動揺を押し殺し、つとめて冷静な声を出す。「そうですか」とドロンはいつ見ても脂ぎっている黒い髪を軽く掻いた。

『秘書が一人だと不便ではないですか？　前は数人いらっしゃったかと……』

「用件は」

途中で遮り、先を促す。去年までヨシュアには三人の秘書がついていた。一人は男で、自分のかわりに実務をしていた。残りの二人は父親が選んだ自分のパートナー候補の女性で、顔に縫い付けたような作り笑顔が薄気味悪かった。なので結婚をする際、パートナーになるケイン・向谷に自分の秘書になってほしいとお願いした。

「縁故で雇用というのは、よくないいんじゃないか。娼館の事務は辞めるけど、俺は自分で仕事を探すよ」

そう言って断るケインに頼み込んで、最後は「僕を助けて」と泣き落として来てもらった。それを機に、三人の秘書は別の部署に異動させた。

ケインが秘書になってから、それまで感じていた……お前は何もできやしないんだから、全部こっちに任せときゃいいんだよという男の秘書の蔑みきった態度と、自分のことをお金としか見てなさそうな女の子の視線がなくなり、ことあるごとにカリカリ胸を引っ掻かれるようだったストレスが嘘みたいに消えた。

専務とは名ばかりで、何も知らず何もできない自分の秘書になったケインは、実務を請け負ってくれる傍ら「時間がありそうだから、色々と学んではどうだろう」と提案してくれた。そして家庭教師を手配し、午前中は勉強、午後は実務をこなしながら会社経営について一緒に学んでくれている。それが、それこそがヨシュアが求めていた理想だった。傍にいてくれるだけでもよかったのに、ケインは望みまで叶えてくれる。もう自分にはなくてはならない存在だ。

『……ＴＡＣ社との契約の書類ができました。明後日の昼までにご確認をお願いしたいのですが』

ドロンの鼻にかかった声が耳障りだ。それに確認と言われても、ヨシュアのところに回ってくるまでに、体裁は全て整っている。後は読んで判を押すだけだ。

「わかった」

……今はお飾りの専務でも、いつかはちゃんと仕事ができるようにと準備している。けれど今は正直、わからないことがわからない。まるで雲の中を手探りで歩いている感覚だ。わからないまま判を押すことはできないから、ケインに見てもらわないといけない。

「他に用がないなら、切るが？」

『ええと、あのですね……専務は紅茶がお好みだとお聞きしたのですが、私の知り合いで貴重な茶葉を栽培している者がおります。今、ちょうどお持ちしているのですが、御迷惑でなければ是非とも試飲していただきたいと思うのですが』

ケインは紅茶が好きだ。彼の喜ぶ顔が見たくて、世界中の紅茶を取り寄せているのを、誰かから聞いたんだろうか。書類の確認をしてほしいとわざわざ執務室まで来たのは、それが目的だったのかもしれない。紅茶のプレゼントが、下心のない心からの親切だと思うほどお人好しでもない。

「ありがとう。そこに置いておいてくれ。では忙しいので」

プツッと一方的に通話を切る。ホログラフィのドロンは消えたが、うっかり秘書室のモニターを表示してしまった。いつもケインがいるデスク周辺を、定点のカメラが平面に捕らえる。

『えっ、あの……』

急に通話を切られたことに戸惑ったのか、ドロンはその場をウロウロしている。そして「チッ」と小さく舌打ちすると、手にしていたもの、おそらく紅茶の箱を秘書室の机に叩きつけるようにして置き、出ていった。嫌な気持ちが、トンと積み重なる。これまでいくつも積み重なってきて、ケインのおかげでやっと、少し軽くなってきてたのに、また増える。怒りは、ない。それほどない。ただ人の裏側を見せつけられると、酷く疲れる。

自由になって、けれど自由じゃない場所で、沢山の人に囲まれて暮らす。自分の名前に近付いてくる人、お金に近付いてくる人……そういう人たちを山ほど見ていると、ケインという存在がどれだけ特別だったのか、ことあるごとに思い知らされる。

もし彼が刑務所で自分の担当にならなかったら、その存在に気づけなかったら……背筋がゾッとする。ケインがいなかったら、きっとこの世界のどこにも自分の居場所はなかった。

……ヨシュアの人生は、激動だった。物心ついた時にはもう、テロリストと共に世界中のホープタウンを転々として暮らしていた。食事は与えられたし暴力もふるわれなかったが、学校には通わせてもらえなかった。学校という存在は本を読んで知っていたけれど、それは都市部の、選ばれた子しか通えないのだろうと思っていた。

自分を育てたテロリストはカズという名前で、誘拐された当時三十代ぐらいの髭面(ひげづら)の男だった。彼が親でないのはわかっていた。父親の記憶はなかったが、母親の記憶はあったからだ。そしてカズの「俺はお前の親戚だ。母親の具合が悪いので、よくなるまで俺と一緒に暮らすことになった」という言葉を信じ、爪の先ほども疑っていなかった。親戚、自分の保護者だと思っていたから、彼から逃げるという考えもなかった。必要最低限の世話はしても、カズは自分を甘やかすことはなかった。今ならテロリストが誘拐してきた子供に情を移さないよう距離をとっていたのだとわかるが、その時は「カズは親じゃないから」「親じゃない人は、こうなんだろう」と、その微妙な距離感を理解していた。

「いつ僕はお母さんのところに帰れるの？」

そう聞くたびにカズは「よくなったら、そのうちに」と同じ返事を繰り返した。その後は必ず「いいか、よく聞け。ビルア種のお前の耳と尻尾はとても珍しくて、悪い人に見付かったら切り落とされてしまう。だから他の人間には絶対にその姿を見せちゃ駄目だ」と付け足した。言いつけを守り、ヨシュアはずっと部屋の中にいた。外へ出たいと思ったこともあるけど、それよりも耳や尻尾を切り取られるかもしれないという恐怖の方が大きかった。とてもとても臆病な子供だった。

カズはヨシュアに読み書きを教えたあと、エアブックを一冊与えてくれた。そこに入っている子供用の絵本、与えられた唯一の娯楽に夢中になった。自分にとっての社会は、カズと絵本の中にしかなかった。絵本を繰り返し読み、それにも飽きて、もっと読みたいと言ったら童話をいくつかいれてくれた。そこにはお父さんとお母さんがいて、家があって、学校に通う子供がいる夢の世界が広がっていた。

カズは昼間に出掛け、夜に帰ってきた。ヨシュアは昼間でも窓を閉めたまま、できるだけ物音を立てずに暮らした。誰か訪ねてきても決してドアを開けず、人の気配がしたらベッドの下に隠れる。「お前はのんびり屋だけど用心深くて、素直で助かる」がカズの口癖だった。

悪い人に見付かっては駄目なビルア種の子供が外を歩けるのは、ホープタウンからホープタウンに引っ越す時だけ。そして町外れで人のいない場所……田舎なら、上着のフードをかぶらず耳を出し、尻尾をぶらぶらさせることができた。

引っ越しは何日も歩くことがあった。疲れるけど、その時間が大好きだった。自分の目に映る物が石ころだらけの道だったり、荒れ果てた農地だったとしても、風が、匂いが、音が頭に染み渡り、体が何倍も軽く感じるほど楽しかった。

引っ越し以外は家の中。腕立てや腹筋をしているカズと一緒に運動するか、本ばかり繰り返し読む日々。本の中には沢山の登場人物がいて、楽しそうに暮らしているのに、自分にはない。手足が伸びて、カズと同じぐらい背が高くなっても、何も変わらない。いつ変わるんだろう、大人になったら、変わるんだろうか。成人は十八歳だと絵本を読んで知っていたから、きっと十八歳になったら、自分は誰にも狙われなくて、堂々と外を歩けるようになるに違いないと、勝手に思っていた。

全ての終わり、そして始まりは本当に十八歳の時におこった。住んでいた部屋に突然、同じ服を着た人達が何人も踏み込んできて……後になってそれは警察だとわかるけれど……外へ連れ出された。かつてそれほど沢山の人に取り囲まれたことがなく、みんな自分の耳と尻尾を取りに来た「悪い人」としか思えず、頭の中が真っ白になった。自分は殺されてしまうんだと、恐怖にただただ震えていた。

カズと引き離されたあと、車に乗せられた。そして壁にシミのない、カーテンも絨毯(じゅうたん)も汚れてない、とても綺麗で大きな部屋に連れて行かれた。そこに「お前の父親だ」という、自分と同じ赤い髪のおじさんがいて「会いたかった」ときつく抱き締められた。

自分は母親の親戚に預けられていたのではなく、十三年もの長い間、テロリストのカズに誘拐されていたこと、実の母親は六年前に亡くなっていたことを教えられた。

三日間、その綺麗な部屋で暮らした。髪を短く整えられ、とても綺麗な服をもらった。自分にはお世話をしてくれる男の人が一人ついて、何でも言うことを聞いてくれた。「本が読みたいな」と言ったらエアブックに沢山入ったし「外を歩きたい」と言ったら、ボディガードが三人ついたけど、散歩することができた。初めて人や景色が動く「動画」を見て大興奮した。それまでのうす暗く小さな世界から、いきなり大海に放り出された気分。遮断されていた情報が一気に流れ込んできて、頭が弾けそうなほど刺激的で、最初の日は熱が出た。

母親が亡くなっていたこと、カズに裏切られた、騙されていたというショックはあったが、それ以上に新しい世界が楽しかった。世の中はこれほど華やかで、騒々しい音と色に満ちているのだと全身で味わった。今まで自分は、そういったものを全て奪われていたのだとひしひしと実感する。けどこれからは違う。知らなかったことを、知ることができる。ずっと欲しかった「友達」だってできるかもしれない。学校にも行きたい。期待に胸がぶわんと膨らんだ。

しかし四日目になると、両手にいきなり電子錠がつけられた。そしてまた、以前暮らしていたような狭い部屋に連れて行かれて、怖い顔の男に「お前はOだろう」と凄まれた。

Oがビルア種に寄生する「寄生体」なのは知っていた。子供の絵本に「悪いもの」「恐ろしいもの」として出てきたことがあったからだ。けど自分はOじゃない。ビルア種を乗っ取って生きてきた記憶なんて、頭の中のどこにもない。

「Oじゃない。僕はヨシュア・ハマスだよ」

何度そう訴えても、男は「違うだろう」と全否定する。それは十三年も人を誘拐していたカズの、最悪な『嘘』の置き土産だった。狭い部屋に閉じ込められて、ずっと「Oだろう」と問い詰められる毎日。頭がおかしくなりそうだった。

「パパと話をさせて、お願い」

どんなにお願いしても父親は来てくれなかった。一週間ぐらい経った後、ようやく建物から出られた。やっとこの小さな場所とループする尋問から解放されたと思ったら、殺されかけた。大きなバスルームのある部屋に連れて行かれ、たくさんの人に手足を捕まれ、水の中に沈められる。苦しくて、苦しくて、大暴れした。もがけばもがくだけ、口の中に水が流れ込んでくる。殺されるんだとわかった。死にたくない、死にたくない……でも誰も助けてくれない。父親も、カズも、お世話してくれたあの男も、ボディガードも……どうして、どうして、どうして……死にたくないのに……そう思っている間に、目の前が真っ黒になった。

気づいたら格子のついた部屋の、ベッドの上にいた。死んではいなかったけど、死にそうな目にあわされたショックで、声も出なかった。自分の傍には、誰もいなかった。いなくてよかった。人が、怖かった。怖くて、怖くて、嗚咽した。目覚めたとわかったら再び電子錠をつけられ、移動。護衛についた警察官に「テロリストのカズは終身刑になった。お前もその体から自然に出てくる時まで、刑務所で過ごすことになる」と告げられた。

そして白い部屋の中に閉じ込められた。Oは三十歳になったら、寄生したビルア種から出て行くのは知っていたから、自分は三十になるまでここにいるんだなとぼんやり理解した。またか、と思った。最初はテロリストに、そして次は父親の手で、狭い場所に閉じ込められるのだ。

誰もいない。誰とも喋れない。食事は与えられるし、いつでもシャワーを浴びられても、服は着せてもらえない。髭や髪は伸びなくて不思議だったけど、シャワールームに入ったあと、髪や顔にあたる風が強いなと思うことがあったから、そういうので勝手に切られているのかもしれなかった。

本や動画は、誰かが誰かに恋している夢みたいなストーリーのものしか与えられない。勉強できるような本が読みたいと言っても、一度もその望みは叶えられない。自分は、学ぶことを許されなかった。

みんなが恋したり、遊んだり、学んだりしている時間に、自分は一人でいる。Oに体を乗っ取られてはいないけど、そのかわりに自由を奪われている。カズに誘拐されている時よりも、ある意味悲惨(ひさん)な現実がここにはあった。

他に何もすることがないから、毎日毎日ロマンス動画を見て、恋愛小説を読む。何かしてないと、一日はとてつもなく長い。幸い恋愛物語は大好きだったので、動画を見て本を読むことで「社会」の知識は断片的に、少しずつ増えていった。

夏の暑さや冬の寒さもなく、月や太陽も見ないまま、同じ毎日をただひたすら繰り返す。見た動画と小説の数だけが積み上がっていく。自分は何だろうなとたびたび考えた。何のために生まれてきたんだろうと。ここを出たいし、出る日を待っているけれど怖い。親切だった人たちが、味方に思えた人が、オセロみたいにいきなり白黒反転し、豹変(ひょうへん)する。冷たくなる。殺しにくる。

誰も信じられない。小説の中で、ドラマの中で、主人公が希望に満ちた未来を語っても、ヨシュアにはここを出た後に語るべき未来が、想像できなかった。

十年以上も刑務所での監禁生活を続けた後でひょいと、奇跡みたいにベイビーが現れた。顔も、名前も、性別すらわからない。声を聞いたこともないその人を、自分でベイビーと名付けた。いつも自分を見ていて、何も口にしなくても助けてくれる。優しくしてくれる。人を信じるのは怖いと思っていたのに、信じたくなる。乾ききった心に、顔も知らない誰かの優しさが水のように染み込んでいった。

みんなが無視するどうでもいい自分を、大切にしてくれるベイビー。孤独な暮らしの中で、その存在は気持ちを明るく照らした。三十になってここを出たら、ベイビーに会える。ベイビーと話ができる。そう考えたら、未来が楽しくなった。ベイビーに会いたい、顔を見たい。寝ても覚めても、頭に浮かぶのはベイビーのことばかりになった。

ある日ふと、この気持ちは恋なんじゃないだろうかと気づいた。ドラマで何度も見たし、小説にもあった。こういう気持ちは、きっと恋と名のつくもの。じゃあこれは初恋？　小説の中で、恋をすると世界が変わるとあった。それがどういうことかよくわからなかったけど、本当に世界が変わった。目の前がぱあっと明るくなった。凄い、凄い、本に書いてあったことは嘘じゃない。確信した。

自分の中で、ベイビーは金髪で緑の瞳の、女優みたいにかわいい女の子だった。ここを出たらプロポーズしよう。絶対にプロポーズする。結婚する。ベイビーと幸せに暮らす。付き合ってすらいないのに勝手にそう決めて、幸福な妄想に浸っていった。

三十歳になるまであともう少し。ベイビーに会える、顔を見る日を心待ちにしていたある日の夜中、いきなり起こされて階段を上らされた。

自分の前を走る、帽子の下から出ている金色の髪を、ずっと見ていた。もしかしてこの人がベイビーだろうか。だって金色の髪だ。瞳は、瞳は緑だろうか。暗くてよくわからなかった。見たい。そして聞きたい。本当にベイビーなのか、彼に聞きたい。けどずっと走っていないといけなくて、急がないといけなくて、息も整わなくて、聞くことができなかった。

バイクに乗せられて走り出した時、自分は助け出されたのだとわかった。あの閉じ込められた狭い部屋から。まるで映画みたいだ。悪い奴らから、自分を助け出すベイビー。まるでヒーローだ。

ベイビーと一緒に、逃げる。どこへ？　そこは楽園？　幸せな興奮を押しつぶすのは、猛烈なサイレン。現実は映画と違う。自分たち二人は捕まり、そしてベイビーは足を撃たれた。

倒れたベイビーを見ても、最初は何が起こっているのかわからなかった。自分を救ってくれるヒーローは、沢山の警察官が群がって、いくつもの層になって、見えなくなった。

「囚人を脱獄させるなんて、テロリストの仲間か？」

「けど地下階の刑務官だぞ。脱獄なんてあり得るのか」

周囲から聞こえてくる声。人をかき分けベイビーに駆け寄ろうとしたら、腕を乱暴に引っぱられた。「痛いっ」と叫ぶと、腕を摑んだ刑務官が「おい、そいつを傷付けるな。体だけは絶対に傷付けるんじゃない」と怒鳴られていた。

そうしてまたあの、白い部屋に戻された。まるで何もなかったかのように。あれは夢だったんだろうか。いや、夢じゃない。腕には、警察官に摑まれた指の跡がある。あれは現実におこったことだ。自分は確かに、ここから連れ出してもらっていたのだ。

どうしよう……体がガタガタ震えた。ベイビーは足を撃たれていた。大丈夫なんだろうか。死……死んだりしないだろうか。血が出てたのに、死んでしまわないだろうか。

「ベイビーは大丈夫なの！　教えて、お願い」

どれだけ叫んでも、返事はない。もとから自分の言葉に答えてくれる声なんてなかった。ベイビー以外は。可哀想な囚人に同情して、ベイビーは連れ出してくれたんだろうか。自分を助けようとしたせいで、ベイビーは撃たれたんだろうか？　自分のせい？　自分のせいで……。

もしベイビーが死んでしまったら……こんなに好きなのに、ベイビーのいない世界なんて考えられない。想像だけで頭がおかしくなりそうだった。いや、おかしくなっていた。自分で自分を何度も傷付けて、外の奴らを脅した。ベイビーのことを教えて。無事なのか教えて。無事なら、ベイビーに酷いことをしないで。酷いことをしたら、大切にしているこの体をメチャクチャにするぞ、と。

いつだったか、暴れ回っているうちに眠たくなって、そして気づいたらいつもと違う天井が見えた。視線をゆうるりと動かす。とても広い部屋だ。家具がある。普通の部屋みたいだ。ここは刑務所じゃない。窓から入る日差しがまぶしくて両手を顔の前にもってくると、散々自分で噛みついて、血まみれになっていた腕の内側の傷が、白っぽい跡だけになっていた。まるで眠っている間に何日も経ってしまったかのように。

遠くから、人の話し声が聞こえた。

「……これはいったい、どういうことだ！」

久しぶりに聞く、父親の声だ。

「ですから水中での排出処置は失敗したのではなく、もとから息子さんはOに寄生されていなかったのです」

「しかし、あのテロリストは確かに寄生させたと……」

「私たちが騙されていたということでしょう。Oに寄生されているかされていないか、確実に確かめる手段はありませんから」

二人はしばらくゴチャゴチャと話をしたあと、ヨシュアに近づいてきた。自分の顔をのぞき込む、赤い髪の男。十二年ぶりに見る父親の顔は、一気に歳を取っていた。

「大丈夫か？　ヨシュア」

罪悪感を滲(にじ)ませる猫なで声に、なぜか涙が出た。

「ベイビーはどこ？」

父親は「はっ？」と首を傾げた。

「僕のベイビーはどこなの？　刑務所から連れ出してくれたベイビーはどこにいるの」

誰のことかわかっているだろうに、父親は不自然に視線を逸らし「何を言ってるんだ？」としらを切った。

……今は幸せだからすっかり忘れてたのに、嫌な記憶でお腹の底がズンと重たくなる。消したいのに、消えない記憶。忘れるのは無理かもしれないけれど、もっともっと小さくなればいいのにと過去に傷つくたびにそう思う。

またフォーンが誰かの訪室を知らせる。時間ぴったりだし、多分待っていた人だろうけど、今度も嫌な相手だったらと思うと憂鬱で、秘書室のモニターを先に表示した。黒髪に浅黒い肌の男。よかった、今度こそ彼だ。

「鍵は開いてるから、中に入ってきて」

モニターを消すと同時に、ドアが大きく開いた。ずかずかと大股で執務室に入ってきたジョー・キンバリは「ハイ、ヨシュア」と人懐っこい顔で微笑みかけてきた。自分も自然と口角があがり、笑っているのがわかる。感情を制御できなくて、尻尾も勝手に揺れてしまう。

「ケインがいなくて秘書室が空っぽだけど、どうしたんだ？」

「今日は休みにしたんだ。知りあいが体調を崩したらしくて、様子を見に行っている。夜まで帰れないかもしれないって」

ジョーが首を傾げ「ホープタウンの知りあいか?」と聞いてくる。ヨシュアが頷くと「ケインは相変わらずだなぁ」とジョーは肩を竦めた。

「ケインは優しいから、困っている知りあいを放っておけないんだ。それにレイラは昔から色々とケインの世話をしてくれた人だし」

「情に厚い男だからね」とジョーは浅く頷いた。同い年のジョーは弁護士で、これまで個人的な仕事をいくつか依頼してきた。何か揉め事がおこった際には真っ先に頼れる男、そして自分は友人だと思っている。

「忙しかったんじゃないの? 急に呼んでごめんね」

アラブ系にルーツを持つジョーは、町外れで小さな弁護士事務所を経営している。

「それほどでも。裁判所に行った帰りだしね」

「どうぞ座ってて」

ソファを勧め、ヨシュアは紅茶をいれる。カズと暮らしていた時は、簡単な食事ぐらいは作っていた。去年までは専務が自ら客にお茶出しをするべきではないと秘書に怒られたが、ケインは好き勝手にさせてくれる。

ケインの好きな銘柄の紅茶を出す。ジョーは「相変わらずここで出てくる紅茶は、そのへんのカフェより美味いね」と目を細めた。

「って、ここをカフェがわりにしてちゃいけないんだけどね。見晴らしがよくて、美味しい紅茶が出て、一休みに最適だからさ」

「いつでも来ていいよ」

「誘惑に負けそう」とジョーが窓の外、眼下に広がる都市を見下ろす。

「そうだ、今度ケインと一緒にうちに夕飯を食べに来いよ。奥さんの実家から山ほどパイナップルが送られて来てさ。お裾分けするよ」

ジョーは自分たちと家族ぐるみで仲良くしている。ケインとジョーはホープタウンの出身で、自分も長く暮らしていたから、話が合う。三人ともホープタウンに縁があるなんて、世間は狭いなとジョーは苦笑いしていた。

「えっ、いいの。行く。パイナップル好き」

うれしくて、犬耳と尻尾がピンと立つ。前も一度お裾分けしてもらったが、甘くて幸せな味がした。

ジョーと話をするのは楽しい。この世で一番大事なのがケインだとしたら、次はジョーだ。ジョーがいなかったら、きっとケインを見つけることはできなかった。

……息子を十二年も刑務所に閉じ込め、ようやくOに寄生されていないと確信した父親は、ヨシュアに高級な服を着せ、あちらこちらのパーティ会場に連れ回した。そして自分を「跡継ぎ」だと嬉しそうに紹介して回った。

その裏で一般常識や教養、知識をもたない息子に「Oに乗っ取られていたわけでもないのに、どうしてお前はこんなことも知らないんだ？」と困惑していた。テロリストのもとで教育を受けられずに過ごした十三年、そして何も与えられずに刑務所で過ごした十二年を知っているくせに、何も理解していなかった。

人に会うのも、パーティに出席するのも嫌だったのに我慢して言うことを聞いたのは「ベイビーに会わせる」と約束してくれたからだ。けれど何回パーティに出て、どんなに頑張って笑っても、ベイビーに会わせてくれない。それどころか「囚人を脱獄させるなんて非常識極まりない男のことは忘れろ」と約束をなかったことにしようとした。

嘘をつかれたことにショックを受けて、目が腫(は)れるぐらい泣いた。どうすればいいのかわからない。そんな時、思い出した。困ったことがあった時、ドラマの登場人物は弁護士に頼んでいた。弁護士に頼もう。相談してみよう。思いついたその日のうちに、使用人に弁護士を連れてきてくれるよう頼んだ。

やってきた弁護士は「ベイビーを探して」という依頼に「そのようなご依頼を受けるのは難しいです」と断ってきた。仕方ないので別の人にお願いしたら、また断られた。三人目、四人目も同じ。ドラマみたいに「私に任せてください」と胸を張る人はいない。それでも諦めず、何人もお願いした。十二人目の弁護士に断られた時「お願い、お願い」としつこく食い下がっていたら、その弁護士は「誰にお願いしても、無理だと思いますよ」と呟いた。「あなたのお父様に、絶対に依頼は受けないよう言われているので」と驚きの事実を暴露した。使用人に頼んだら父親に話がゆき、お願いを聞いてくれない弁護士を連れてこられる。それがわかったら、外出した際にたまたま見かけた弁護士事務所に飛び込んだ。二人のボディガードは慌てていた。

ジョーは「高級スーツを着た芸能人のように綺麗なビルア種の男が、アポイントメントもなしにいきなり事務所に入ってきて『お願い、お願い、僕の言うこと聞いて。お金は払うから』とデスクに札束を置いて泣き出した時は、びっくりして声も出なかったよ」と今でもよく話す。

「面倒そうな客だから、最初は断ろうと思ったんだよ。後ろに立っているボディガードの顔も怖かったしね。だから『自分はホープタウンの出身ですが、いいですか？』と聞いたんだ。これを言うと大抵の客は帰るから。そしたら君は『それの何が悪いの？』と返してきて、これは……何て言うか、俺が言うのも何だけど、生きづらそうな人だなと思ったので、話を聞いてみようかって気になったんだよ」

そう話していた。初対面の人間にジョーはとても親切で、誠実だった。弁護を止めろと父親から嫌がらせを受けたようだけれど、ジョーは父親を訴えると脅して、何とか「ケイン・向谷」というベイビーの本名と行方を聞き出してくれた。

ベイビーは刑務所に入っていた。けどそこを出所してから先の行方はわからない。途方に暮れる自分に、ジョーは探偵を使って探せばどうかとアドバイスしてくれた。

息子という存在だけ欲しがり、約束を守ってくれない父親に嫌な顔をされながらも、必死にベイビーを探した。もう自分を理解してくれるのは、ベイビーしかいない。ベイビーに会うということにしか生きていく意味を見出せずにいた。

ジョーはベイビーが都市部の人間なのに、居住登録が抹消されているのはおかしいと何度も首を傾げていた。探偵は刑務官時代のベイビーの知りあいに聞き込みをしてくれたが、スウェーデン地区の出身で、両親が亡くなり叔母に育てられたという情報しかなかった。スウェーデンを探し始めたものの、手がかりが少なすぎてどの地域に焦点を絞ればいいのか迷った。

そんな中、探偵がベイビーの大学時代の知りあいに聞き込みした結果を報告してきた。そこに、ベイビーが落ちたものを拾って食べたことに驚いたというエピソードがあった。聞いても自分は何とも思わなかったけれど、ジョーは「もしかして」と首を捻った。

「ベイビーはホープタウンの出身じゃないのかな」

ホープタウン出身の人間が世界政府の機関に就職した場合、出自を隠すことがあると教えてくれた。それを聞いてから、ホープタウンの捜索も始めた。

するとパリ地区の外れにあるホープタウンで見つかった。エアカーで二十分ほど、びっくりするぐらい近くにいた。ベイビーはケインという名前を隠しもせず、亡くなった実母が勤めていた娼館で事務員として働いていた。

探偵に隠し撮りした画像を何枚か見せられて「これがケイン・向谷です。あなたの探している人物ですか?」と聞かれた。そこに映っていたのは、金色の髪にフレッシュグリーンの瞳をした、とてもかっこいい男の人だった。そして若い。自分より年下かもしれない。

「そうだと思うけど、よくわからない」

ベイビーを見たのは、脱獄したあの時だけ。しかもその殆ど(ほとん)は後ろ姿だ。けど彼がベイビーのような気がする。いや、彼がベイビーであってほしい。探偵は「そういえば……」と続けた。

「彼は足が不自由なようでした。ずっと右足を引きずりながら歩いていたので」

ヨシュアは息を呑んだ。同時に両目からブワッと涙が溢れる。探偵はギョッとした顔で「あの、どうしました？」と慌てていた。

彼はベイビーだ。自分を逃がすために怪我をした足が、もう随分経つのにまだ治ってないのだ。ああ、会いたい。今すぐ会いたい。謝りたい。愛したい。キスしたい。抱き締めたい……

そんな気持ちに突き動かされ、会いに行った。

「……おい、ヨシュア！」

少し大きな声でジョーに名前を呼ばれて、我に返った。あの再会から一年半ほど過ぎた。愛するベイビー「ケイン・向谷」はもう、心も、体も、法的にも正式にヨシュアのパートナーになっている。

「返事もしないで、どうしたんだ？」

「ごめん、ちょっと考え事をしてた」

ソファを挟んだ向かい側で、ジョーは「さて」と座り直し、姿勢を正した。

「用件を聞こうか。ケインがいなくて寂しいから俺を呼んだわけじゃないだろう。彼に聞かせたくない類いの話があるんじゃないのか」

目を見開き「どうしてわかるの？」と聞いてしまった。「それぐらいの察しはつくさ」とジョーは得意げだ。自分のことを、理解してもらえるのは嬉しい。

「ジョーは賢くて、色々なことを知っているよね。そんなジョーにしかお願いできないことなんだ」

向かいにある浅黒い顔が、ふっと真顔になる。

「何かケイン絡みのトラブルか？　ホープタウンの人間が都市部で暮らすと、どうしても昔の知りあいからの嫉妬や妬みの対象になってしまうからな」

「あのね、ホープタウンは関係ないんだ」

ジョーが「そうなのか？」と首を傾げる。

「けど、ちょっと話しづらくて」

う一ん、と唸ってジョーは腕組みし、ソファに凭れて座った。

「俺としては、問題は早めに解決した方がいいと思うぞ」

本当にそう。ケインの足のことがいい例だ。デートをするたびに、ケインが足を引きずるのが気になっていた。それが自分のせいだとわかっているから、余計に。治療をさせてほしいとお願いしたら、ケインは「自分でお金をためて、いつか治すよ」と足のことを気にしてなかった。けど見ていられない。目にするたびに、その不便さを与えてしまったのは自分なんだと罪悪感に苛まれ、胸がズキズキと痛んだ。そのうちお腹までキリキリしてきた。それをジョーに相談したら、本当の気持ちを素直に打ち明けて、じっくり話し合え。それしか解決法はないと言われた。

だからケインと一時間ぐらい話しあった。最終的にケインは「お前が見ててそんなに辛いなら」と足の治療を受けてくれた。再生医療は治療費が高額で、かかった費用はケインが銀行で借りて、返している。治療費を受け取ってはくれなかった。パートナーになった今も。そんな頑なで優しいケインがじれったくて、もどかしくて、叫び出したいほど愛しい。

「そう、だよね。こういうことは、早めがいいよね。色々と調べたけど、自分じゃよくわからなくて。でもベイビーには相談したくないんだ。これって僕だけの問題だから」

ヨシュアはまっすぐにジョーを見た。

「……実は僕、まだベイビーとちゃんとエッチできてないんだ」

ジョーが目を大きく見開いたまま、何度も瞬きする。

「キスしたり、触りっこしたりはするよ。けど僕、射精が早くて挿入できないんだ。いつも入れる前にいっちゃって。最初は緊張してるのかなと思ってたけど、エッチのたびにずっとで。ベイビーはそういうのがなくても気持ちいいよ、気にするなって言うんだけど、僕に気を遣ってるんじゃないかなって。それに僕もベイビーと繋がりたい。どうすればいいかな。手術とかしたらできるようになるかな？」

　ジョーは顔を真っ赤にして黙り込んでしまった。その反応に、これは失敗したんだと気づいた。

「あの、こういうことって言っちゃいけなかった？　色々と調べてみたら、猥談っていうの？　男同士ならエッチな話をしてもいいってあったからジョーなら大丈夫かなって……」

　赤くなった顔を手のひらで煽ぎ、ジョーはフウッと息をついた。

「……まぁ、猥談はアリだと思うけど、相手は選んだ方がいいな。俺はまぁ、セーフだけど……いや、エロい話は俺だけにしとけ。あとその件に関しては、少し時間をくれる？　ちょっと調べてみる」

「ありがとう。それで手術するのが一番いいってことになったら僕、頑張るよ」

　絶妙のタイミングで、ローテーブルに置いてあった私物のフォーンから、着信を知らせるメッセージが響く。ケイン用に設定している音で、慌てて手に取ると『店が大変そうなので、最後まで手伝っていく。帰りは翌朝になると思う。ごめん』と音声メッセージが聞こえてきた。

「ケインからだ。もしかして僕らの話をどこかで聞いてたのかな？」

　ジョーを見ると「そんなわけないだろ」と呆れ顔でため息をつかれた。

風が強く、エアカーは小刻みに揺れた。運転しているボディガードが「この風、ハリケーン並みに感じます。ひょっとしたら飛行禁止になるかもしれません」とぼやいていた。

ホープタウンの歓楽街、娼館の前にエアカーをとめる。そこで「もう帰っていいよ。帰りはまた呼ぶから」と言ったのに二人のボディガードは「娼館の外で待機します」と頑として聞かなかった。

「ボディガードがいたら、金持ちがいるんじゃないかって逆に目をつけられるよ。僕は耳と尻尾のかくれる服を着てるし、すぐ娼館に飛び込むから大丈夫」

しばらくやり合って、娼館から歩いて五分の場所にある、ケインが昔住んでいた家のエアカーポートで待機することで何とか折り合いがついた。エアカーを降りると、娼館までは二十メートルほど。この短い距離でもホープタウンは危険だとわかっているから、走る。逆に店の中にはいってしまえば安心だ。

ホープタウンは都市部と違い、泥水が蒸発するような独特の匂いがする。六月と夏の手前でまだ気温はそれほどでもないのに、ここは湿気が強い。ピンクと黄色の電飾がギラギラしている看板の横を抜けて、店の中に飛び込んだ。

カウンターの奥に見える、お日様みたいに明るい金色の髪。

「いらっしゃ……ヨシュア？」

愛する人が驚いて目を見開く。周囲を見渡すも、他に人はいない。駆け寄ってカウンター越し、驚いてる唇に軽くキスした。

「ベイビー、晩ごはんは食べた？」

会えた嬉しさで、尻尾がブンブン左右に振れる。マナー講師に、尻尾で感情を表現するのは品がないので止めなさいと言われたけれど、ケインが相手だと我慢できない。

「まだ、まだだけど……」

「色々買ってきたよ。休憩になったら、一緒に食べよう」

「来てもらえて助かった。この子を頼む」

ケインがカウンターの中にあった膝丈ほどの高さのカートを外へ出してくる。そこにはまるまると太った赤ん坊の入った籠が置かれていた。

「アリオナの子なんだ。アリオナの調子が悪くて世話をする人がいなくて俺が見てるんだけど、カウンターだと客が来たときに話し声で目がさめて泣いちゃうんだ。それが可哀想で。スレメンがあと一時間ぐらいで来てくれるから、それまで控え室でこの子を見ててくれないか」

あれよあれよという間に、カートを引いたケインに店の従業員用控え室に押し込まれる。

「ごめんな、ヨシュア」

お詫びみたいなキスを残して、ケインはカウンターに戻っていく。赤ん坊と二人きり。チラリと小さな生き物を見下ろした。赤ちゃんの面倒なんてこれまで見たこともない。今はまだ寝ているみたいなので、静かにして起こさなかったら大丈夫……なはず。

カートをそっと椅子の横に持ってくる。アリオナは店を辞めたケインのかわりに、ここの支配人になった元娼婦だ。最初はフロント業務をしていたらしいが、客に誘われることが多くて辟易(へきえき)し、バックヤードに引っ込んだと聞いた。

赤子の顔をのぞき見る。真っ白い肌に、金色の髪。アリオナはブルネットなので、父親に似たんだろうか。赤子の口がモヤモヤと動く。両手を組み合わせ、起きないでと願ったのに、目が開いた。琥珀色(こはくいろ)の瞳。自分と同じ。そう思った瞬間、赤子が「フエッ、フエッ、アアアアアッ」と泣き出した。

「どっ、どうしたの」

顔を真っ赤にして、大きく口を開けて泣く。カートをちょっと揺らしてみる。そしたら一瞬だけ泣き止(や)んだものの、再び「アーッ、アーッ」と泣く。

「なっ、泣かないで。お願い。僕は赤ちゃんを見たことないんだ。君が泣いたって、どうすればいいのかわからないよ」

カートに乗せた籠に手をおき「お願い、泣かないで」と懇願(こんがん)するしかない。赤ちゃんは「アーッ、アーッ」と喉が張り裂けそうなほど叫ぶ。こんなに泣くなんて病気なんじゃないだろうか。けど赤ちゃんって泣くものだろうし、どうすればいいのかわからない。

赤ちゃんが泣いている原因を調べようと、フォーンを取り出す。そして「赤ちゃんが……」と音声入力をしようとしたところで、尻尾を引っ張られる感触があった。

「ひっ」

振り返ると、赤ちゃんがヨシュアの赤い尻尾を摑んでいた。小さな指がにぎにぎと動く。痛くはない。赤ちゃんが握っている尻尾をちょっと動かすと、これまでずっと泣いてたのに「キャッ、キャッ」と笑っているような声をあげた。

「僕の尻尾、好きなの？」

赤ちゃんはキャッキャッと笑いながら、しばらく摑んだり、離したりしていたけど、そのうち赤い尻尾を握り締めて眠り始めた。尻尾を離そうとすると、赤ちゃんがピクッと動くからまた起こしてしまうんじゃないかと怖くて、引っ込められない。

大声で泣かなくて、寝ている赤ちゃんはふわっとしてる。顔を近付けると、甘いミルクの匂いがした。真っ白な肌に、産毛（うぶげ）みたいな金色の髪。ケインと同じ。ケインが小さい時ってこんな感じだったのかなと想像すると、胸があったかくなって、小さな爆弾みたいな生き物が、とってもなく愛しくなってきた。

深く寝入ったのか、赤ちゃんが尻尾を離す。赤ちゃんのそばでチラチラと尻尾を振ってみたけど、もう見てない。尻尾でそろうり頭を撫でると、邪魔しないで、眠いのと言わんばかりにペチッと尻尾を叩かれた。

「気に入ってたんじゃないの？　つれなくしないで」

椅子に座り、尻尾で手足を優しく撫でる。かわいいな、かわいいなと、ほわほわした気持ちになる。控え室は狭くて、うす暗くて、壁も汚れて、椅子もすごく固いのに、三十五階にある大きくて綺麗な執務室よりも、幸せな気分になれる。

ここは、ケインが前に住んでいた部屋に少し似ているかもしれない。刑務官と囚人ではなくお互いに一般人として、約一年半ぶりに再会したその日、どうしても離れたくなくて、ケインの仕事が終わるのを彼の部屋で待った。そこはアンティークなアナログの鍵一つしかセキュリティのない小さな部屋。けど鍵がかかるだけいい方だし、ホープタウンでは上等の部類だった。

ものは少なく、生活感のない空間。そんな中、壁際のカップボードに飾られた、額に入った二枚の写真が目にとまる。どちらも若い女性で、バストアップの写真。派手な雰囲気は、娼館のプロフィール画像のようだ。写真には片方に「デリア」、もう片方には「ママ」と書かれてある。ママをじっと見るも、髪の色も顔の雰囲気もケインには似ていなかった。

その日は冬のとても寒い日で、横殴りの雪が降っていた。暖房設備はあるがあまり温かくならなくて、ヨシュアはコートを脱げないままソファに座り、ケインを待った。夜中の二時過ぎに帰ってきたケインは、部屋に入るなり「えっ、寒っ」と声をあげた。

ガタガタ震えるヨシュアに慌ててブランケットを渡し、雪がうっすら積もるコートを着たまま、温度の上がらない暖房器具の前にしゃがみ込む。

「最近、こいつの調子が悪くて。尻尾がブルブルしてたから、すごく寒かったんだろう。ごめんな」

ケインはしばらくごそごそやっていて、そうしているうちにブオンと機械が動き出し、部屋を循環する空気が暖かくなった。

「よし」

浅く頷き、ケインが振り返る。フレッシュグリーンの瞳と視線が合う。

「大丈夫か?」

「……うん、暖かくなった」

そっか、とケインは呟き、そしてコートを脱いだ。

「何か飲む? っても、紅茶しかないけど」

「飲む」

ケインは右足を引きずりながら小さなキッチンにゆき、湯を沸かす。都市部のように、一瞬で湯が沸くシステムではなく、火を使う旧式のものだ。懐かしい。

「時間がかかるんだ、ごめんな」

謝られて「ううん」と首を横に振る。紅茶が入るまでの十分ほどの間、俯き加減に立っているケインを見ていた。ずっと会いたかった人。独房の中から一方的に話しかけてはいたけれど、ちゃんと向かい合って話をするのはほぼ初めてなので何だか緊張してきた。自分のことを好きだと思ってくれているとわかったし、優しいのも知っているけれど、それでも、自分はこの人のことをまだよく知らない。何が好きで、何が嫌いで、どんな風に笑うのか、知らない。そういうことを、知りたい。

紅茶が入るタイミングで近付く。すると「なっ、何？」と少し慌てていた。

「紅茶、僕が運ぶ」

緑色の瞳がヨシュアを見て、そして俯き「ごめん、ありがとう」とまた謝ってきた。テーブルを挟んで、向かい合って座る。隣同士じゃないのが、距離があるのが、ちょっともどかしい。

紅茶を一口飲んだあと、ケインは「もしかして酒の方がよかったか？」と聞いてきた。

「ううん、お酒はあんまり好きじゃない」

正直に話をした後で、こんな言い方をしたら大人なのにって笑われそうな気がした。実際、お酒が飲めないと言うと大抵、笑われた。ケインも少し笑ってる。

「変わらないなぁ」

聞くのが怖いなと思いつつ「何が？」と問い返す。

「房の中にいた時と、同じだなって」

「そうなの？」

「そうだよ。ずっとそんな、ちょっと子供っぽい甘えた喋り方だった」

思わず両手で口を覆うと「どうした？」と聞かれた。

「いつもみんなに、大人らしく喋れって叱られてる」

「ふうん」

「ベイビーもちゃんと喋ればいいって思う？」

「別にどっちでもいいよ。好きに話せばいいんじゃないか」

ホッとすると同時に、好きという言葉が耳の奥で反響する。好き、好き、好き。

「ベイビー、こっちのソファが広いから、僕の隣に座って。もっと傍にいてほしい」

あ、えっと……とケインは少し戸惑う素振りを見せたものの、飲んでいた紅茶を向かいに押してきた。そして立ち上がり、近くに来てくれる。

自分から隣に来てほしいと言ったのに、いざ間近に存在を感じると緊張して体が硬くなる。話したいことも知りたいことも沢山あったのに、頭から消えていった。どうしようと周囲を見渡した時に、あれが目に入った。

「ママって書いてある写真の人、お母さん？」

なぜかケインの頬が強張り、少し間をおいて「うん」と肯定する。

「ホープタウンの娼婦だった。俺の父親は客らしいけど、どこの誰かはわからない」

「そうなんだ。お母さん、綺麗な人だね」

「まぁ、美人ではあったかな」

「ジョーがね、あ、ジョーって友達の弁護士なんだけど、ホープタウンの人が世界政府の職員になるのは大変だから、たくさん勉強したんだろうって言ってた。ベイビーはとても賢いんだね。凄いな」

ケインが黙り込んでしまい、何か嫌なことを言ったかなと心配したけれど「ありがとう」と返ってきた。

「僕、もう大人なんだけど、大人が普通に知っていることを知らなかったり、できなかったりするから、よく変な顔をされるんだ」

ケインにじっと見つめられる。緑の瞳に、自分がうつる。

「学べなかったのは、お前のせいじゃないだろう」

「あぁ、うん。けどほら、みんな僕がテロリストに誘拐されてたってことは知っていても、その後で刑務所に入ってたってことは知らないから。そういうの世間体が悪いからって、パパも喋るなって言うし。みんなで勝手に僕のこと閉じ込めたくせにね。もう、いいけど……怒るのも、嫌な気分になるのも疲れちゃった」

顔を伏せる。髪に触れる手の感触に、フッと頭をもたげる。すると触れていた手が離れた。

「ごめん、嫌だったら……」

「今の、もう一回やって。ベイビー」

柔らかい手が、髪を撫でてくれる。気持ちよくて、目を閉じる。父親に息子としてお披露目(ひろめ)されて、色んなパーティに連れて行かれた時、女の人が次から次へと近づいてきた。「好きな人がいるから」と言っても「一晩だけでも遊ばない」とベタベタ触られて、すごく嫌だった。けどベイビーは違う。自分が心から愛している人には、ずっと撫でていてもらいたい。

「燃えるみたいに赤いな」

ぽつんと耳許で聞こえた。

「なに？」

「お前の髪の毛」

ベイビーの指が、赤い髪の毛を摘まむ。

「にんじんみたいだって、誰かに言われた」

「俺は好きだよ」

好きだ、という言葉が心を丸くそっと包み込む。顔を近付けたら、ケインの顔が強張った。キスは嫌なのかなと思って少し待ってみる。ずっと緊張しているような時間が流れて、ケインがちょっと息を吐いて、少し力の抜けた顔をして笑った。あ、大丈夫だなと思ってキスする。そしたらまた驚いたみたいな顔をされた。

「……しないかと思った」

「していいのかよくわかんなかったから、ちょっと待ってみた」

ケインが「二人ともいい大人なのに、ティーンエイジャーみたいだな」って笑う。どうして、と思う。その笑顔が、嬉しくて悲しい。自分は自由になった。何でも手に入る。本も、お金も。それなのに、こんなに優しく笑ってくれる人が傍にいなかった。

寂しくなって、抱き締めた。ぎゅううっと両手に力を入れる。ケインが背中を、優しく撫でてくれる。

「ベイビーは、どうしていつもいつも僕に優しくしてくれるの？」

短い沈黙のあとに「タイプだから」と返事があった。

「赤毛のビルア種が好きなんだ」

「よかった」

「よかった？」

「うん、髪の毛も、犬耳も尻尾も嫌いだけど、ベイビーが好きな見た目でよかった」

ケインが黙り込む。そして「見た目がタイプってだけで、脱獄させようなんて思わないよ。見てて可哀想で、それで……」と途中で言葉を切って「嘘だ」と呟いた。何が嘘なのかわからない。タイプが嘘なのか、それとも可哀想が嘘なのか。

「甘ったれた喋り方が、可愛かった。好き、好きってずっと言うから……好きになった。多分」

甘い告白。もう一回キスする。そしたらもっともっと欲しくなる。全部欲しくなる。もうこの人を離したくない。

「ベイビー、僕の傍にいて。寂しいから、傍にいて。ずっと傍にいて。その綺麗な緑色の瞳で、僕だけを永遠に見つめて」

心からの愛の告白。ケインはなかなか返事をしてくれない。

「今のお前は、望めば何でも手に入れられるだろう」

「じゃあベイビーが欲しい。名前も、お金も、何もいらないから、ベイビーだけ欲しい。ベイビーだけがいい」

「俺はホープタウン出身で、娼婦の息子だ。辛うじて前科こそつかなかったけど、パリ地区には出入り禁止になっていて……」

「僕だって、テロリストに捕まって十三年連れまわされて、その後に十二年も刑務所にいたよ」

ケインは「改めて聞くと、お互い散々だな」とちょっと笑った。

「テロリストに十三年か。どんな生活をしてたんだ？」

そう言った後すぐに「話したくなかったら、別にいいぞ」と続いた。これまでそんな風に自分の過去を聞いてきたのは、尋問する警察官だけだった。

「ベイビーは聞きたいの？」

「そうだな。お前のことをもっと知りたい。独房じゃ、お前が一方的に話すのを聞くだけだったから。けど嫌だったらいいよ。辛いことは思い出したくないだろう」

「別に構わないよ。でも十三年もあるから、一晩じゃ話し尽くせないかも」

「一度に話さなくていいよ。少しずつお前のことを俺に教えて欲しい」

ケインが小さく欠伸する。眠そうな顔。そういえばもう午前三時を過ぎている。

「ベイビー眠い？」

「ちょっと」

「ベッドの中で話す？」

途端、ケインの顔が真っ赤になる。

「どうしたの、ベイビー？」

「それって、そういう意味？」

「そういう意味って？」

「俺は……雰囲気に疎くて」

ここで鈍いながらもようやくエッチのことだとヨシュアにもわかり、顔が赤くなってきた。

「エッチなことする？」

そしたらケインが頭を抱えた。

「したいって意味じゃない。無理にってわけじゃない」

「僕、エッチをしたことないんだ。どうすればいいのかな」

ケインは目をまん丸にしたまま何度か瞬きした。

「いろんな女の人に誘われたけど、ベイビーとしかしたくなかったからしなかったよ。僕の心と体はベイビーのものだよ」

「……俺も誰とも、したことない」

「すごい、僕たちお互いが最初で最後の恋人同士なんだね。運命かな」

嬉しくて抱き締めたら、ケインは「そうかな」と苦笑いしていた。そうなのかな……そうなのかな……そう……。

フッと目が覚めた。見えるのは、汚い壁とすすけたような天井。ここはケインの部屋に似てるけど、違う。娼館の従業員控え室だ。再会してすぐの頃のことを思い出しているうちに、いつの間にか眠ってしまっていた。

ふとカートに視線をやると、そこには何もなかった。赤ちゃんがいない！　全身からザッと血の気が引いた。慌てて飛び起きる。見ていてほしいと言われたのに、うっかり寝てしまっていた。

「あ、起きたか？」

声に振り返ると、窓際にケインがいた。自分を見ている愛しい人。頭が混乱する。

「どうしてそんな泣きそうな顔をしてるんだ？」

ケインが近付いてきて、耳の根元を優しく撫でてくれる。

「ごめん僕寝てて……見てないといけなかったのに、赤ちゃんは……」

「具合が良くなったって、アリオナが連れて帰ったよ。風が強くてエアカーが飛行禁止になるって警報が出て、キャンセルも相次いでたから店も早々に閉めた。客も全員帰らせて、今片付けも終わったところだ。風の音がけっこう凄かったけど、お前はよく寝てたな」

ケインが鉄の錆びた椅子を引き寄せ、隣に座る。今日のケインは、マネージャーの制服の白シャツに蝶ネクタイ、黒いベスト姿だ。どんな服を着ても、ケインは着こなしてしまう。そんなかっこいいケインが、テーブルの上を見る。

「お前、夕飯はまだ何も食べてない？」

「うん」

「お腹が空いただろう。ごめんな」

ケインは優しい。刑務所にいた時も、恋人になっても、結婚してからも、とても優しい。

「大丈夫だよ」

そんな大好きな人にキスする。真っ白な耳を撫でて、小麦みたいに明るい金色の髪をまさぐる。ずっとキスして、少し唇が離れたらため息と一緒に「ヨシュア」と甘く名前を呼ばれて、興奮した。

「ベイビー、ベイビー、僕のベイビー」

もうずっと永遠にキスしていられそうだったのに、ケインが控え目に「お腹が空いた」と訴えてきた。結局、自家用車のエアカーも飛べなくなり、そのまま娼館で一晩過ごすことになった。

遅い時間、冷めた夕飯を温めて二人で食べる。ケインは「遅くなってごめんな」と、こっちが勝手に押しかけてきたのに、何度も謝ってきた。

「いいの。僕がベイビーと一緒にご飯を食べたかったから」

そう口にすると、ケインは困ったような、申し訳なさそうな、そして少し嬉しそうな顔をした。

「そういえばあの可愛い赤ちゃん、何て名前なの？」

「ティファニーだよ。アリオナは産後、体調が戻らないみたいなんだ。だからアリオナが働いている間は、レイラがティファニーを見てたんだけど、レイラも入院してしまったから」

「大変だね。あの子のパパは？」

ケインが一瞬、押し黙った。

「アリオナは組織の人間と事実婚していたらしい。けど敵対組織に狙われて、ティファニーが産まれる前に相手の男は亡くなってしまったって」

ホープタウンではよくある話だけど……とケインは付け足した。

「そっか」

「俺も父親はいなくて、母親も子供を育てられるような性格じゃなかったから、ここで育てられた。だから身につまされる」

「あの子は大丈夫だよ」

ケインが俯き加減の顔を上げた。

「だって、ベイビーがいるもの。僕もいるよ」

驚いた顔をしたケインが笑った。そして手を伸ばし、ヨシュアの頬に触れてきた。その手が、そろそろと撫でてくる。

「お前は優しいな」

優しいのはケインだよと思いながら、キスする。抱き合っているうちにムラムラしてきた。けど控え室だし、固い椅子しかないし、我慢してたのに「する？」と甘い声で囁かれた。

「いっ、いい」

首を横に振ったのに、尻尾を摑まれて「ひゃっ」と声が出た。

「尻尾が膨らんでるけど」

興奮は隠せない。

「えっと、うん、大丈夫……ここ狭いし」

「確かにここじゃ無理だな」

ケインは周囲を見渡したあと「こっち」とヨシュアの手を摑んだ。控え室の明かりを消して、薄暗い廊下を歩く。強風のせいで、建物がミシ、ミシと軋んでいるのが聞こえる。両脇には、部屋番号のプレートがついたドアが並ぶ。その一番奥、何もプレートのついてないドアをケインは開けた。

そこには大きなベッドとガラス張りのシャワールームがあり、壁際には大きな棚が置かれ、タオルやシーツ、備品みたいなものが詰め込まれていた。

「客室は使えないけど、ここなら大丈夫。空調設備が壊れてから、ずっと物置を兼ねた休憩室になってるんだ。帰りが遅くなった子とか、スレインがたまに泊まってる。シャワーとかそのへんはまだ一応、使えるから」

喋っている途中のケインを抱っこして、シャワールームに連れて行く。すると「まだ、服を脱いでない」と言われて、脱がせた。濡れてしまうので、ドアを開けて脱いだ服をベッドに放り投げたら「そんなに急がなくても」と笑われた。

キスしながら、シャワーを浴びる。抱き合ってるか、体を洗ってるかわからない感じになる。エッチなことをすると、すぐにあそこが固くなる。それに気づいたケインが下っ腹を撫でて「そこ、愛していい？」と聞いてきた。頷いたら、ケインが自分の前に跪いた。固くなっているそれを小さな口に迎え入れてくれる。最初にしてもらった時は大興奮して、一舐めされただけで暴発してしまったけれど、今はもう少し我慢できる。そこを愛されながら尻尾の付け根を優しく撫でられると、背筋を虫が這うようなゾクゾクした興奮が一気に駆け上がる。

あともうちょっとでいけるとわかってたけど、我慢できなくて腰を引いた。急に抜いたせいで驚いたのか、ケインが大きく瞬きをする。

「くちが寂しい。キスしてベイビー」

薄く笑って、ケインが立ち上がる。だから抱き締めて、何度も何度もキスしながら、猛ったそこをケインの股間にこすりつけた。一回いって少し落ち着くかと思ったのに、全然そんなことない。目の前の大好きな人にずっと興奮してる……興奮させたい。

一度も成功したことはなくても、いつでも挿入できるよう準備はする。「これは俺が買い取るから」とケインが備品のジェルをバスルームに持ち込み、それを使って愛しい人の中にそっと指を潜らせた。

「あっ」

可愛い声を、キスで吸い上げる。指を締め上げる、温かくて柔らかい場所。ゆっくり、何度も小刻みに指を震わせると「んっ、ふっ」と可愛い声がシャワールームに甘く甘く反響する。ヨシュアの首に両腕を巻き付けたまま、ケインが「気持ちいい」と呟く。

「指、気持ちいい」

嘘じゃないのはわかる。ケインの緑色の瞳が、今にも溶け出してしまいそうなほど潤んでる。

「あっ、んっ……」

甘い喘ぎと共に、中がビクビクと痙攣するように震えているのが、指に伝わってくる。それから間をおかず、膨らんでいたケインの欲望も弾けてヨシュアの腹に飛び散った。そのまま続けて指をうねらせると、ケインの体がビクンと大きく震えた。

「だめ……だめだ、今、敏感になってるから……」

「かわいい」

今にも泣きそうな緑の瞳を見つめる。

「感じてる僕のベイビーは最高にかわいい」

指で感じてグズグズになって、ケインがシャワーブースの中に座り込む。ヨシュアも痛いほど張り詰めていて、今なら、今ならこれをベイビーの中で愛してもらえそうだと、ぐずぐずの体を抱き寄せた。したいことを察してくれたのか、ベイビーが膝をガクガクさせながらも膝の上に跨がってくれる。これなら、多分……できる。やっと愛してもらえる。我慢、我慢と思っていたのに、そこがケインの柔らかい部分に触れたタイミングで、興奮が最高潮に達してしまった。止めることもできず、暴発する。濡れたのでいってしまったのがわかったのだろう。ケインがそっと下をのぞき込んでいる。

「ご、ごめん……また」

ケインはそのまま太腿の上に座り込んで、ヨシュアの頭を抱きかかえて犬耳にキスしてきた。

「謝らなくてもいいのに」

「けど僕、またできなくて……」

「俺はすごく気持ちいいし、それをしなくても満足してるよ」

「けど、けど……」

んっ、どうした？　と優しく聞かれる。

「……僕、ベイビーの中で愛されたい」

上気していたケインの顔が真っ赤になって、それを隠すみたいにヨシュアの髪に顔を埋めて、犬耳をぎゅっと摑んできた。

シャワールームに籠もり過ぎて、湯と蒸気でふたりともふやふやにふやけてからベッドに移った。着替えはないので、体を拭っただけ。裸でシーツに潜り込む。まだちょっと興奮が残っていて、ベッドの中でも何回もキスした。そのうち少し眠くなってくる。

初めて寝るベッドなのに、何か落ち着く。暗くて狭く、どこか雑然とした景色は、ホープタウンを転々としていた子供の頃に暮らしていた部屋の空気感を呼び起こす。あの時の暮らしがいいとは決して思わないけれど、記憶は消えない。そして慣れ親しんだものに安心するのは、仕方がないことなのかもしれなかった。

カズとの生活を思い出しても、辛くないし悲壮感もない。今は自分が大好きな人と、自分だけを愛してくれる人と一緒にいられるから。

長い間、ヨシュアから時間と自由を奪い取った神さまは、ごめんねとお詫びみたいに最高の人と出会わせてくれた。金色の髪にフレッシュグリーンの瞳、そしてとても優しい人に。好きな人と気持ちを分かち合い、愛し合い、抱き合って眠ることに至福を感じながら、深い眠りについた。

……目覚めた時、辺りは真っ暗で、どこにいるのか最初はわからなかった。ぼんやりした頭で、昨日のことをゆっくりゆっくり思い出す。フォーンを見ると、午前八時を回っていた。この部屋には窓がないから外の様子はわからないけど、まだ、ゴウゴウと風の吹いている音が聞こえてくる。

　エアカーが飛行禁止になり娼館に泊まることになった時点で、ケインと一緒に明日は休むと会社に連絡を入れてある。働き者のケインは休暇がたまっているから、ちょうどいい。もうちょっと寝ようと、自分に背中を向けて眠る幸せであたたかいものにぴたりとくっついた。ケインからは、甘くていい匂いがする。それをクンクンとかいで、胸いっぱいに吸い込む。するとじわっと下半身に熱がたまってくるのがわかった。

　腰をもぞもぞしてたら、ケインに触れた。柔らかいそこに、先が。したい。欲しい。入りたい。そこにいきたい。ずっと……ずっと、欲しかった。

　我慢できなくて、ゆっくりと腰を押した。いつもそこで弾けるのに、寝起きのせいか興奮もちょっと鈍くて、今回は先に進む。昨日、シャワールームでいっぱい触ったからなのか、ケインのそこもマシュマロみたいに柔らかい。

　もっと、もっと……ケインの腰をおさえて、更に奥へと押し進む。丸まっていたケインの背中がぐうううっと反り返って「あうっ」と喘いだ。寝てるとわかっているのにもう止められなくて、陰毛がくっつくぐらい押し入る。温かい場所で、ぎゅううううっと締め付けられて、クラクラするぐらい気持ちいい。

　いい匂いのする首にキスしながら、後ろからケインの乳首に触れて、優しく摘まんだ。

「あんっ、ああっ……」

甘ったるい声が、繋がっている部分から、耳から、全身からじわっと響いてくる。

「ヨシュア……」

掠れた声で、名前を呼ばれた。

「ベイビーごめんね、ごめんね、我慢できなくて……」

「俺、寝てたのに……」

「ごめん、ごめんなさい」

ぎゅっと抱き締めると、ケインが両手で顔を隠した。

「夢の中で……お前としてて、気持ちいいなとか思ってたら……本当にしてて……びっくりした」

ケインが顔を隠したまま丸くなる。やっぱり嫌だったのかなと不安になる。出て行った方がいいのかもしれないけど、出たくない。もうちょっと気持ちのいいここにいたい。

「恥ずかしいこと、言っていいか?」

ケインの声が震えている。

「なに?」

「……もっと動いて」

……その一言で、頭が爆発しそうなぐらい興奮した。

お昼過ぎまでキスしたり、舐めたり、触ったり、ずっとエッチなことをしていた。お腹が空いて、けど外へ出るのが面倒臭くて、事務所に残っていたお菓子を二人で分けて食べた。クッキーを食べさせあったり、一つのクッキーを両端から食べてなくなったところでキスしたり、じゃれて、ふざけて、お腹はちっともいっぱいにならないのに楽しくて、ずっと心の中がほこほこしている。

今日は娼館も定休日。昼前にやっと強い風はおさまって、エアカーもようやく走り出す。ベッドの上、そろそろ帰ろうかって話をしていたら、フォーンにジョーからメッセージが入った。

「ジョーから連絡がきたよ。何だろう?」

ケインが肩越しにもたれ掛かってきて「ジョー?」とのぞき込んでくる。メッセージを開くと『上手く挿入ができない件について、色々と資料を集めたから、データで送るよ』と書かれていた。

慌ててフォーンを裏返しにしてシーツに押しつける。

「もしかしてお前、ジョーに相談してたのか?」

言い訳のしようもない。恥ずかしくて、ベッドの上で頭を抱えて丸くなった。

「……僕、どうしてもしたくて」

言い訳が小さくなる。

「そんな恥ずかしがらなくてもいいのに」

慰める声が笑っている。情けなさと羞恥(しゅうち)のあまりプルプル震えてしまう尻尾を摑んで「ほら、頭あげて」と大好きな人が囁いてくる。

じわじわ顔をあげると、キスが降ってきた。そして「もう大丈夫だってジョーに言わなきゃな」とちょっと呆れたような、そしてとびきり優しい顔でベイビーは笑った。

あとがき

AFTERWORD

―木原音瀬―

このたびは「パラスティック・ソウル～love escape～」を手にとっていただき、ありがとうございます。今作は番外篇的なお話になっていて、これまでのシリーズの4作（1～3巻、endless destiny）を読まずとも、楽しめる仕様になっています。シリーズを未読の方がいらしたら、そちらを先にお読みになられてからだと、犬耳、犬尻尾のある「ビルア種」という新人類が生まれたという設定も含めて、この物語の世界をより深く堪能でき、更なるドキドキ、ワクワクを味わえるかと思いますので、よろしかったら過去作にもチャレンジしていただけると嬉しいです。

パラスティックのシリーズは設定上、少し切ないお話が多めになっていますが、今回は完全完璧なハッピーエンドです。なので安心して、ストレスフリーのまま最後までお読みいただけると思っています。書き下ろしを最初に読んでくださった担当さんに「深い充足感」と、作中のラブについてコメントをいただいたので、皆様にもそう感じてもらえるといいなと願っています。

今回のお話、私の最大の萌ポイントは、何といっても全裸です。犬耳、犬尻尾の超絶美形のH3という人物が24時間全裸で過ごすという、とても香ばしい設定になっています。なぜ全裸なのか……ちゃんと理由があり、それもストーリーに関わってきます。ただ全裸、全裸と連呼(れんこ)するおかしなヒトではないですよ。ふふ。

イラストは引き続きカズアキ先生にお願いしています。雑誌掲載時にいただいたカラーイラスト、全裸のH3というキャラがもう最高に楽しく、そして彼を監視する刑務官、ケインの制服姿が文字描写の何倍もかっこよくて、うっとりと見入ってしまいました。皆様にもその美しさ（全裸&制服）を是非とも堪能していただきたいと思います。

担当様には随分とご迷惑をおかけしました。雑誌で、一昨年(おととし)から3回にわけての掲載になったのですが、その間に大変なご時世に突入し、メンタルをごりごりと削(けず)られてへなへなになっていましたが、柔軟に対応していただいたおかげで何とか最後まで書き上げ、そして本の形にすることができました。雑誌分の掲載後に語っていた、二人の最初のラブも何とか書き切れてよかったです。ありがとうございました。

シリーズを続けて読んでくださっている方も、初めての方も、シリーズの中で最もハッピーで幸せな話を最後まで堪能していただけたらと思います。

また次、何かの本でお会いできますように。

木原音瀬

この本を読んでのご意見、ご感想などをお寄せください。
木原音瀬先生・カズアキ先生へのはげましのおたよりもお待ちしております。

〒113-0024 東京都文京区西片2-19-18 新書館
[編集部へのご意見・ご感想] ディアプラス編集部「パラスティック・ソウル love escape」係
[先生方へのおたより] ディアプラス編集部気付 ○○先生

- 初出 -
love escape：小説ディアプラス2020年フユ号(Vol.76)～ナツ号(Vol.78)
windy day：書き下ろし

パラスティック・ソウル love escape

著者：**木原音瀬** このはら・なりせ

初版発行：2021年5月25日

発行所：株式会社 新書館
[編集] 〒113-0024
東京都文京区西片2-19-18 電話（03）3811-2631
[営業] 〒174-0043
東京都板橋区坂下1-22-14 電話（03）5970-3840
[URL] https://www.shinshokan.co.jp/

印刷・製本：株式会社 光邦

ISBN978-4-403-52530-8